СОБАКА БАСКЕРВИЛЕЙ

Артур Конан Дойл

Собака Баскервилей

Артур Конан Дойл

В книгу включена знаменитая повесть Артура Конан Дойла «Собака Баскервилей» (1902), сюжет которой основан на случайно услышанной автором старинной девонширской легенде и мотивах английских «готических» романов. Расследование странной смерти последнего представителя древнего аристократического рода выводит Шерлока Холмса и доктора Ватсона на хладнокровного и хитроумного убийцу, маскирующего свои преступления под нападения чудовищной собаки, которая, по преданию, с давних пор преследует семейство Баскервилей. Тайна фамильного портрета, ревность, борьба за наследство и явление пса-призрака в финале повествования создают неповторимый колорит одного из лучших произведений детективного жанра.

ISBN: 978-1-7637956-6-2

СОБАКА БАСКЕРВИЛЕЙ

Глава I. МИСТЕР ШЕРЛОК ХОЛМС

Мистер Шерлок Холмс сидел за столом и завтракал. Обычно он вставал довольно поздно, если не считать тех нередких случаев, когда ему вовсе не приходилось ложиться. Я стоял на коврике у камина и вертел в руках палку, забытую нашим вчерашним посетителем, хорошую толстую палку с набалдашником — из тех, что именуются «веским доказательством». Чуть ниже набалдашника было врезано серебряное кольцо шириной около дюйма. На кольце было начертано: «Джеймсу Мортимеру, Ч. К. Х. О., от его друзей по ЧКЛ» и дата: «1884». В прежние времена с такими палками — солидными, увесистыми, надежными — ходили почтенные домашние врачи.

— Ну-с, Уотсон, какого вы мнения о ней?

Холмс сидел спиной ко мне, и я думал, что мои манипуляции остаются для него незаметными.

— Откуда вы знаете, чем я занят? Можно подумать, что у вас глаза на затылке!

— Чего нет, того нет, зато передо мной стоит начищенный до блеска серебряный кофейник, — ответил он. — Нет, в самом деле, Уотсон, что вы скажете о палке нашего посетителя? Мы с вами прозевали его и не знаем, зачем он приходил. А раз уж нам так не повезло, придется обратить особое внимание на этот случайный сувенир. Обследуйте палку и попробуйте воссоздать по ней образ ее владельца, а я вас послушаю.

— По-моему, — начал я, стараясь по мере сил следовать методу моего приятеля, — этот доктор Мортимер — преуспевающий медик средних лет, к тому же всеми уважаемый, поскольку друзья наделяют его такими знаками внимания.

— Хорошо! — сказал Холмс. — Превосходно!

— Кроме того, я склонен думать, что он сельский врач, а следовательно, ему приходится делать большие концы пешком.

— А это почему?

— Потому что его палка, в прошлом весьма недурная, так сбита, что я не представляю себе ее в руках городского врача. Толстый железный наконечник совсем стерся — видимо, доктор Мортимер исходил с ней немало миль.

— Весьма здравое рассуждение, — сказал Холмс.

— Опять же надпись: «От друзей по ЧКЛ». Я полагаю, что буквы «КЛ» означают клуб, вернее всего охотничий, членам которого он оказывал медицинскую помощь, за что ему и преподнесли этот небольшой подарок.

— Уотсон, вы превзошли самого себя! — сказал Холмс, откидываясь на спинку стула и закуривая папиросу. — Я не могу не отметить, что, описывая со свойственной вам любезностью мои скромные заслуги, вы обычно преуменьшаете свои собственные возможности. Если от вас самого не исходит яркое сияние, то вы, во всяком случае, являетесь проводником света. Мало ли таких людей, которые, не блистая талантом, все же обладают недюжинной способностью зажигать его в других! Я у вас в неоплатном долгу, друг мой.

Я впервые услышал от Холмса такое признание и должен сказать, что его слова доставили мне огромное удовольствие, ибо равнодушие этого человека к моему восхищению им и ко всем моим попыткам предать гласности метод его работы не раз ущемляло мое самолюбие. Кроме того, я был горд тем, что мне удалось не только овладеть методом Холмса, но и применить его на деле и заслужить этим похвалу моего друга.

Холмс взял палку у меня из рук и несколько минут разглядывал ее невооруженным глазом. Потом, явно заинтересовавшись чем-то, отложил папиросу в сторону, подошел к окну и снова стал осматривать палку, но уже через увеличительное стекло.

— Не бог весть что, но все же любопытно, — сказал он, возвращаясь на свое излюбленное место в углу дивана. — Кое-какие данные здесь, безусловно, есть, они и послужат нам основой для некоторых умозаключений.

— Неужели от меня что-нибудь ускользнуло? — спросил я не без чувства самодовольства. — Надеюсь, я ничего серьезного не упустил?

— Увы, дорогой мой Уотсон, большая часть ваших выводов ошибочна. Когда я сказал, что вы служите для меня хорошим стимулом, это, откровенно говоря, следовало понимать так: ваши промахи иногда помогают мне выйти на правильный путь. Но сейчас вы не так уж заблуждаетесь. Этот человек, безусловно, практикует не в городе, и ему приходится совершать большие концы пешком.

— Значит, я был прав.

— В этом отношении — да.

— Но ведь это все?

— Нет, нет, дорогой мой Уотсон, не все, далеко не все. Так, например, я бы сказал, что подобное подношение врач скорее всего может получить от какой-нибудь лечебницы, а не от охотничьего клуба, а когда перед лечебницей стоят буквы «ЧК», название «Черингкросская» напрашивается само собой.

— Возможно, что вы правы.

— Все наводит на такое толкование. И если мы примем мою догадку за рабочую гипотезу, то у нас будут дополнительные данные для воссоздания личности нашего неизвестного посетителя.

— Хорошо. Предположим, что буквы «ЧКЛ» означают «Черингкросская лечебница». Какие же дальнейшие заключения можно отсюда вывести?

— А вам ничего не приходит в голову? Вы же знакомы с моим методом. Попробуйте применить его.

— Вывод очевиден: прежде чем уехать в деревню, этот человек практиковал в Лондоне.

— А что, если мы пойдем немного дальше? Посмотрите на это вот под каким углом зрения: почему ему был сделан подарок? Когда его друзья сочли нужным преподнести ему сообща эту палку в знак своего расположения? Очевидно, в то время, когда доктор Мортимер ушел из лечебницы, решив заняться частной практикой. Ему поднесли подарок, это нам известно. Предполагается, что работу в лечебнице он сменил на сельскую практику. Будут ли наши выводы слишком смелыми, если мы скажем, что подарок был сделан именно в связи с его уходом?

— Это весьма вероятно.

— Теперь отметьте, что он не мог состоять в штате консультантов лечебницы, ибо это допустимо только врачу с солидной лондонской практикой, а такой врач вряд ли уехал бы из города. Тогда кем же он был? Если он работал там, не будучи штатным консультантом, значит, ему отводилась скромная роль куратора,[1] живущего при лечебнице, то есть немногим большая, чем роль практиканта. И он ушел оттуда пять лет назад — смотрите дату на палке. Таким образом, дорогой мой Уотсон, ваш солидный пожилой домашний врач испарился, а вместо него перед нами вырос весьма симпатичный человек около тридцати лет, нечестолюбивый, рассеянный и нежно любящий свою собаку, которая, как я приблизительно прикидываю, больше терьера, но меньше мастифа.

Я недоверчиво рассмеялся, а Шерлок Холмс откинулся на спинку дивана и пустил в потолок маленькие, плавно колеблющиеся в воздухе кольца дыма.

— Что касается последнего пункта, то тут вас никак не проверишь, — сказал я, — но кое-какие сведения о возрасте этого человека и его карьере мы сейчас отыщем.

Я снял со своей маленькой книжной полки медицинский справочник и нашел нужную фамилий). Там оказалось несколько Мортимеров, но я сразу же отыскал нашего посетителя и прочел вслух все, что к нему относилось:

— «Мортимер Джеймс, с 1882 года член Королевского хирургического общества. Гримпен, Дартмур, графство Девоншир. С 1882 по 1884 год — куратор Черингкросской лечебницы. Удостоен

---

[1] Куратор — младший медик, наблюдавший больных в клинике.

премии Джексона по разделу сравнительной патологии за работу „Не следует ли считать болезни явлением атавистического порядка?“. Член-корреспондент Шведского патологического общества. Автор статей „Аномальные явления атавизма“ („Ланцет“, 1882), „Прогрессируем ли мы?“ („Вестник психологии“, март 1883). Сельский врач приходов Гримпен, Торсли и Хай-Бэрроу».

— Ни слова об охотничьем клубе, Уотсон, — с лукавой улыбкой сказал Холмс, — зато действительно сельский врач, как вы тонко подметили. Мои умозаключения правильны. Что же касается прилагательных, то, если не ошибаюсь, я употребил следующие: симпатичный, нечестолюбивый и рассеянный. Уж это я знаю по опыту — только симпатичные люди получают прощальные подарки, только самые нечестолюбивые меняют лондонскую практику на сельскую и только рассеянные способны оставить свою палку вместо визитной карточки, прождав больше часа в вашей гостиной.

— А собака?

— Была приучена носить поноску за хозяином. Эта палка не из легких, собака брала ее посередине и крепко сжимала зубами, следы которых видны совершенно отчетливо. Судя по расстоянию между отметинами, для терьера такие челюсти слишком широки, а для мастифа узки. Возможно, что... Боже мой! Ну, конечно, курчавый спаниель!

Говоря это, Холмс сначала расхаживал по комнате, потом остановился у оконной ниши. В его последних словах прозвучало такое твердое убеждение, что я недоуменно взглянул на него:

— Послушайте, друг мой, почему вы в этом уверены?

— По той простой причине, что я вижу собаку у наших дверей, а вот и звонок ее хозяина. Не уходите, Уотсон, прошу вас. Вы же с ним коллеги, и ваше присутствие поможет мне. Вот она, роковая минута, Уотсон! Вы слышите шаги на лестнице, эти шаги врываются в вашу жизнь, но что они несут с собой — добро или зло, неизвестно. Что понадобилось человеку науки, доктору Джеймсу Мортимеру, от сыщика Шерлока Холмса?.. Войдите.

Наружность нашего гостя удивила меня, ибо я рассчитывал увидеть типичного сельского врача. Доктор Мортимер оказался очень высоким, худым человеком с длинным носом, торчащим, словно клюв, между серыми, близко посаженными глазами, которые ярко поблескивали за золотой оправой очков. Одет он был, как и подобает человеку его профессии, но с некоторой неряшливостью: сильно поношенный пиджак, обтрепанные брюки. Он уже сутулился, несмотря на молодые годы, и странно вытягивал шею, благожелательно приглядываясь к нам. Как только наш гость вошел в комнату, его взгляд тотчас же упал на палку в руках Холмса, и он с радостным криком потянулся за ней.

— Какое счастье! А я никак не мог вспомнить, где я ее оставил, здесь или в пароходной компании. Потерять такую вещь! Это было бы просто ужасно!

— Подарок? — спросил Холмс.

— Да, сэр.

— От Черингкросской лечебницы?

— Да, от тамошних друзей ко дню моей свадьбы.

— Ай-ай, как это скверно! — сказал Холмс, покачивая головой.

Доктор Мортимер изумленно заморгал глазами:

— А что же тут скверного?

— Только то, что вы нарушили ход наших умозаключений. Значит, подарок был свадебный?

— Да, сэр. Я женился и оставил лечебницу, а вместе с ней и все надежды на должность консультанта. Надо было обзаводиться собственным домом.

— Ну, вот видите, мы не так уж сильно ошиблись, — сказал Холмс. — А теперь, доктор Джеймс Мортимер…

— Что вы, что вы! У меня нет докторской степени, я всего лишь скромный член Королевского хирургического общества.

И, по-видимому, человек научного склада ума?

Я имею только некоторое отношение к науке, мистер Холмс: так сказать, собираю раковины на берегу необъятного океана познания. Если не ошибаюсь, я имею честь говорить с мистером Шерлоком Холмсом, а не с...

— Нет, доктор Уотсон вот — перед вами.

— Очень рад познакомиться, сэр. Ваше имя часто упоминается рядом с именем вашего друга. Вы меня чрезвычайно интересуете, мистер Холмс. Я никак не ожидал, что у вас такой удлиненный череп и так сильно развиты надбровные дуги. Разрешите мне прощупать ваш теменной шов. Слепок с вашего черепа, сэр, мог бы служить украшением любого антропологического музея до тех пор, пока не удастся получить самый оригинал. Не сочтите это за лесть, но я просто завидую такому черепу.

Шерлок Холмс усадил нашего странного гостя в кресло.

— Мы с вами, по-видимому, оба энтузиасты своего дела, сэр, — сказал он. — Судя по вашему указательному пальцу, вы предпочитаете сами набивать папиросы. Не стесняйтесь, закуривайте.

Доктор Мортимер вынул из кармана табак и с поразительной ловкостью набил папиросу. Его длинные, чуть дрожащие пальцы двигались проворно и беспокойно, как щупальца у насекомого.

Холмс сидел молча, но быстрые, мимолетные взгляды, которые он бросал на нашего занятного собеседника, ясно говорили о том, что этот человек сильно интересует его.

— Я полагаю, сэр, — начал он наконец, — что вы оказали мне честь своим вчерашним и сегодняшним посещением не только ради обследования моего черепа?

— Нет, сэр, конечно, нет! Правда, я счастлив, что мне представилась такая возможность, но меня привело к вам совсем не это, мистер Холмс. Я человек отнюдь не практической складки, а между тем передо мной внезапно встала одна чрезвычайно серьезная и чрезвычайно странная задача. Считая вас вторым по величине европейским экспертом...

— Вот как, сэр! Разрешите полюбопытствовать, кто имеет честь быть первым? — довольно резким тоном спросил Холмс.

— Труды господина Бертильона[1] внушают большое уважение людям с научным складом мышления.

— Тогда почему бы вам не обратиться к нему?

— Я говорил, сэр, о «научном складе мышления», но как практик вы не знаете себе равных — это признано всеми. Надеюсь, сэр, что я не позволил себе излишней…

— Так, самую малость, — ответил Холмс. — Однако, доктор Мортимер, я думаю, что вы поступите совершенно правильно, если сейчас же, без дальнейших отступлений, расскажете мне, в чем состоит дело, для разрешения которого вам требуется моя помощь.

[1] Бертильон А. (1853–1914) — французский ученый-антрополог.

Глава II. ПРОКЛЯТИЕ РОДА БАСКЕРВИЛЕЙ

— У меня в кармане лежит один манускрипт, — сказал доктор Джеймс Мортимер.

— Я заметил это, как только вы вошли, — сказал Холмс.

— Манускрипт очень древний.

— Начало восемнадцатого века, если только не подделка.

— Откуда вам это известно, сэр?

— Разговаривая со мной, вы все время показываете мне краешек этого манускрипта дюйма в два шириной. Плох же тот эксперт, который не сможет установить дату документа с точностью до одного-двух десятилетий. Вам, может быть, приходилось читать мой небольшой труд по этому вопросу? Я датирую ваш манускрипт тысяча семьсот тридцатым годом.

— Точная дата тысяча семьсот сорок второй. — Доктор Мортимер вынул рукопись из бокового кармана пиджака. — Эта фамильная реликвия была отдана мне на сохранение сэром Чарльзом Баскервилем, внезапная и трагическая смерть которого так взволновала весь Девоншир три месяца назад. Я считал себя не только врачом сэра Чарльза, но и его личным другом. Это был человек властный, умный, весьма практический и отнюдь не фантазер, как ваш покорный слуга. И все же он относился к этому документу очень серьезно и был подготовлен к тому концу, который его постиг.

Холмс протянул руку, взял манускрипт и расправил его на коленях.

— Уотсон, присмотритесь к написанию буквы «д». Это одна из тех особенностей, которые помогли мне установить дату документа.

Я глянул через его плечо на пожелтевшие листы с полустертыми строками. Вверху страницы было написано: «Баскервиль-холл», а ниже стояли крупные, размашистые цифры: «1742».

— Это, по-видимому, какая-то запись.

— Да, запись одного предания, которое живет в роду Баскервилей.

— Но, насколько я понял, вы пришли посоветоваться со мной по вопросу более практическому и более близкому к нам по времени.

— Да, животрепещуще близкому! Он не терпит отлагательств, его надо решить в течение суток. Рукопись совсем короткая, и она имеет непосредственное отношение к делу. С вашего позволения, я прочту ее вам.

Откинувшись на спинку кресла. Холмс сомкнул концы пальцев и с видом полной покорности судьбе закрыл глаза. Доктор Мортимер повернулся к свету и высоким скрипучим голосом начал читать нам следующую любопытную повесть древних времен:

— «Много есть свидетельств о собаке Баскервилей, но, будучи прямым потомком Гуго Баскервиля и будучи наслышан о сей собаке от отца своего, а он — от моего деда, я положил себе записать сию историю, в подлинности коей не может быть сомнений. И я хочу, дети мои, чтобы вы уверовали, что высший судия, наказующий нас за прегрешения наши, волен и отпустить их нам с присущим ему милосердием и что нет столь тяжкого проклятия, коего нельзя было бы искупить молитвой и покаянием. Так предайте же забвению страшные плоды прошлого, но остерегайтесь грешить в будущем, дабы снова всем нам на погибель не даровать свободу темным страстям, причинившим столько зла всему нашему роду.

Знайте же, что во времена Великого восстания (историю его, написанную лордом Кларендоном, мужем большой учености, я всячески советую вам прочесть) владетелем поместья Баскервиль был Гуго, того же рода, и этого Гуго можно со всей справедливостью назвать человеком необузданным, нечестивым и безбожным. Соседи простили бы ему все его прегрешения, ибо святые никогда не водились в наших местах, но в натуре Гуго была наклонность к безрассудным и жестоким шуткам, что и сделало имя его притчей во языцех во всем Девоне. Случилось так, что этот Гуго полюбил (если только можно назвать его темную страсть столь чистым именем) дочь одного фермера, земли коего лежали поблизости от поместья

Баскервилей. Но юная девица, известная своей скромностью и добродетелью, страшилась одного его имени и всячески его избегала. И вот однажды, а это было в Михайлов день, Гуго Баскервиль отобрал из своих товарищей шестерых, самых отчаянных и беспутных, прокрался к ферме и, зная, что отец и братья девицы находятся в отлучке, увез ее. Вернувшись в Баскервиль-холл, он спрятал свою пленницу в одном из верхних покоев, а сам, по своему обычаю, стал пировать с товарищами. Несчастная чуть не лишилась ума, слыша пение, крики и страшные ругательства, доносившиеся снизу, ибо, по свидетельству тех, кто знал Гуго Баскервиля, он был столь несдержан на язык во хмелю, что, казалось, подобные богохульные слова могут испепелить человека, осквернившего ими уста свои. Под конец страх довел девушку до того, что она отважилась на поступок, от коего отказался бы и самый ловкий и смелый мужчина, а именно: выбралась на карниз, спустилась на землю по плющу, что оплетал (и по сию пору оплетает) южную стену замка, и побежала через болото в отчий дом, отстоявший от баскервильского поместья на три мили.

По прошествии некоторого времени Гуго оставил гостей с намерением отнести своей пленнице еду и питье, а может статься, в мыслях у него было и нечто худшее, но увидел, что клетка опустела и птичка вылетела на волю. И тогда его обуял дьявол, ибо, сбежав вниз по лестнице в пиршественный зал, он вскочил на стол, разметал фляги и блюда и поклялся во всеуслышание отдать тело свое и душу силам зла, лишь бы настигнуть беглянку. И пока сотрапезники его стояли, пораженные бушевавшей в нем яростью, один из них, самый бессердечный или самый хмельной, крикнул, что надо пустить собак по следу. Услышав такие слова, Гуго выбежал из замка, приказал конюхам оседлать его вороную кобылу и спустить собак и, дав им понюхать косынку, оброненную девицей, поскакал следом за громко лающей сворой по залитому лунным светом болоту.

Сотрапезники его некоторое время стояли молча, не уразумев сразу, из-за чего поднялась такая суматоха. Но вот до их отуманенного винными парами рассудка дошло, какое черное дело будет содеяно на просторах торфяных болот. Тут все закричали: кто требовал коня, кто пистолет, кто еще одну флягу вина. Потом, несколько одумавшись, они всей компанией, числом в тринадцать человек, вскочили на коней и присоединились к погоне. Луна сияла ярко, преследователи скакали все в ряд по тому пути, каким, по их расчетам, должна была бежать девица, если она имела намерение добраться до отчего дома.

Проехав милю или две, они повстречали пастуха со стадом и спросили его, не видал ли он погоню. А тот, как рассказывают, сначала не мог вымолвить ни слова от страха, но потом все же признался, что видел несчастную девицу, по следам коей неслись собаки. «Но я видел и нечто другое, — присовокупил он. — Гуго Баскервиль проскакал мимо меня на вороной кобыле, а за ним молча гналась собака, и не дай мне боже увидеть когда-нибудь такое исчадие ада у себя за спиной!»

Пьяные сквайры обругали пастуха и поскакали дальше. Но вскоре мороз пробежал у них по коже, ибо они услышали топот копыт, и вслед за тем вороная кобыла, вся в пене, пронеслась мимо них без всадника и с брошенными поводьями. Беспутные гуляки сбились в кучу, обуянные страхом, но все же продолжали путь, хотя каждый из них, будь он здесь один, без товарищей, с радостью повернул бы своего коня вспять. Они медленно продвигались вперед и наконец увидели собак. Вся свора, издавна славившаяся чистотой породы и свирепостью, жалобно визжала, теснясь у спуска в глубокий овраг, некоторые собаки крадучись отбегали в сторону, а другие, ощетинившись и сверкая глазами, порывались пролезть в узкую расселину, что открывалась перед ними.

Всадники остановились, как можно догадаться, гораздо более трезвые, чем они были, пускаясь в путь. Большинство из них не решалось сделать вперед ни шагу, но трое самых смелых или же самых хмельных направили коней в глубь оврага. И там взорам их открылась широкая лужайка, а на ней виднелись два больших каменных столба, поставленные здесь еще в незапамятные времена. Такие столбы попадаются на болотах и по сию пору. Луна ярко освещала лужайку, посреди которой лежала несчастная девица, скончавшаяся от страха и потери сил. Но не при виде ее бездыханного тела и не при виде лежащего рядом тела Гуго Баскервиля почувствовали трое бесшабашных гуляк, как волосы зашевелились у них на голове. Нет! Над Гуго стояло мерзкое чудовище — огромный, черной масти зверь, сходный видом с собакой, но выше и крупнее всех собак, каких когда-либо приходилось видеть смертному. И это чудовище у них на глазах растерзало горло Гуго Баскервилю и, повернув к ним свою окровавленную морду, сверкнуло горящими глазами. Тогда они вскрикнули, обуянные страхом, и, не переставая кричать, помчались во весь опор по болотам. Один из них, как говорят, умер в ту же ночь, не перенеся того, чему пришлось быть свидетелем, а двое других до конца дней своих не могли оправиться от столь тяжкого потрясения.

Таково, дети мои, предание о собаке, причинившей с тех самых пор столько бед нашему роду. И если я решил записать его, то лишь в надежде на то, что знаемое меньше терзает нас ужасом, чем недомолвки и домыслы.

Есть ли нужда отрицать, что многие в нашем роду умирали смертью внезапной, страшной и таинственной? Так пусть же не оставит нас провидение своей неизреченной милостью, ибо оно не станет поражать невинных, рожденных после третьего и четвертого колена, коим грозит отмщение, как сказано в Евангелии. И сему провидению препоручаю я вас, дети мои, и заклинаю: остерегайтесь выходить на болото в ночное время, когда силы зла властвуют безраздельно.

(Написано рукой Гуго Баскервиля для сыновей Роджера и Джона, и приказываю им держать все сие в тайне от сестры их, Элизабет)».

Прочитав это странное повествование, доктор Мортимер сдвинул очки на лоб и уставился на мистера Шерлока Холмса. Тот зевнул и бросил окурок в камин.

— Ну и что же? — сказал он.

— По-вашему, это неинтересно?

— Интересно для любителей сказок.

Доктор Мортимер вынул из кармана сложенную вчетверо газету:

— Хорошо, мистер Холмс. Теперь мы познакомим вас с более современным материалом. Вот номер «Девонширской хроники» от четырнадцатого июня сего года. В нем помещен короткий отчет о фактах, установленных в связи со смертью сэра Чарльза Баскервиля, постигшей его за несколько дней до этого.

Мой друг чуть подался вперед, и взгляд у него стал сразу внимательным. Поправив очки, доктор Мортимер начал:

— «Скоропостижная смерть сэра Чарльза Баскервиля, возможного кандидата от партии либералов на предстоящих выборах, произвела очень тяжелое впечатление на весь Средний Девоншир. Хотя сэр Чарльз сравнительно недавно обосновался в Баскервиль-холле, своим радушием и щедростью он успел снискать себе любовь и уважение всех, кому приходилось иметь с ним дело. В наши дни владычества нуворишей[1] приятно знать, что потомок древнего рода, знавшего лучшие времена, смог собственными руками нажить себе состояние и обратить его на восстановление былого величия своего имени. Как известно, сэр Чарльз совершал весьма прибыльные операции в Южной Африке. В противоположность тем людям, которые не останавливаются до тех пор, пока колесо фортуны не повернется против них, он, со свойственной ему трезвостью ума, реализовал свои доходы и вернулся в Англию с солидным капиталом. В Баскервиль-холле сэр Чарльз поселился всего лишь два года назад, но слухи о различных усовершенствованиях и планах перестройки поместья, прерванных его смертью, успели распространиться повсюду. Будучи бездетным, он не раз выражал намерение еще при жизни облагодетельствовать своих земляков, и у многих из здешних жителей есть личный повод оплакивать его безвременную кончину. О щедрых пожертвованиях сэра Чарльза на нужды благотворительности как в

---

[1] Нувориш — человек, быстро разбогатевший, составивший себе состояние на спекуляции.

местном масштабе, так и в масштабе всего графства неоднократно упоминалось на страницах нашей газеты.

Нельзя сказать, чтобы следствию удалось полностью выяснить обстоятельства смерти сэра Чарльза Баскервиля, хотя оно все же положило конец слухам, рожденным местными суеверными умами. У нас нет никаких оснований подозревать, что смерть последовала не от естественных причин. Сэр Чарльз был вдовец и, если можно так выразиться, человек со странностями. Несмотря на свое большое состояние, он жил очень скромно, и весь штат домашней прислуги в Баскервиль-холле состоял из супружеской четы Бэрриморов. Муж исполнял обязанности дворецкого, жена — экономки. В своих показаниях, совпадающих с показаниями близких друзей покойного, Бэрриморы отмечают, что здоровье сэра Чарльза за последнее время заметно ухудшилось. По их словам, он страдал болезнью сердца, о чем свидетельствовали резкие изменения цвета лица, одышка и подавленное состояние духа. Доктор Джеймс Мортимер, близкий друг и домашний врач покойного, подтвердил это в своих показаниях.

С фактической стороны все обстояло весьма просто. Сэр Чарльз Баскервиль имел обыкновение гулять перед сном по знаменитой тисовой аллее Баскервиль-холла. Чета Бэрриморов показывает, что он никогда не изменял этой привычке. Четвертого июня сэр Чарльз объявил о своем намерении уехать на следующий день в Лондон и приказал Бэрримору приготовить ему вещи к отъезду, а вечером, как обычно, отправился на прогулку, во время которой он всегда выкуривал сигару. Домой сэр Чарльз больше не вернулся. В полночь, увидев, что дверь в холл все еще открыта, Бэрримор встревожился, зажег фонарь и отправился на поиски своего хозяина. В тот день было сыро, и следы сэра Чарльза ясно виднелись в аллее. Посередине этой аллеи есть калитка, которая ведет на торфяные болота. Судя по некоторым данным, сэр Чарльз стоял около нее несколько минут, потом пошел дальше… и в самом конце аллеи был обнаружен его труп.

Тут остается невыясненным одно обстоятельство. Бэрримор показывает, что как только сэр Чарльз отошел от калитки, характер его следов изменился — по-видимому, дальше он ступал на цыпочках. В то время по болоту, недалеко от аллеи, проходил цыган-барышник, некий Мерфи. Он слышал крики, но не мог определить, в какой стороне они раздавались, так как, по собственному признанию, был сильно пьян. Никаких следов насилия на теле сэра Чарльза не обнаружено. Правда, медицинская экспертиза отмечает изменившееся до неузнаваемости лицо покойного — доктор Мортимер даже отказался сначала верить, что перед ним лежит его друг и пациент, но подобное явление нередко сопровождает смерть от удушья и упадка сердечной деятельности. Это подтвердилось в результате вскрытия, которое дало полную картину застарелого органического порока сердца. Основываясь на данных медицинской экспертизы, следствие пришло к заключению о скоропостижной смерти, что значительно облегчает положение дел, так как желательно, чтобы наследник сэра Чарльза поселился в Баскервиль-холле и продолжал прекрасные начинания своего предшественника, прерванные таким трагическим концом. Если б прозаически точные выводы следователя не положили конец романтическим домыслам в связи со смертью сэра Чарльза, которые передавались по всему графству из уст в уста, то Баскервиль-холлу трудно было бы найти хозяина. Как говорят, ближайшим родственником сэра Чарльза является мистер Генри Баскервиль (если он жив), сын среднего брата покойного. По последним имеющимся у нас сведениям, этот молодой человек находится в Америке. Сейчас приняты меры к тому, чтобы разыскать его и сообщить о полученном им большом наследстве».

Доктор Мортимер сложил газету и сунул ее в карман.

— Вот все, что сообщалось о смерти сэра Чарльза Баскервиля, мистер Холмс.

— Вы ознакомили меня с делом, которое безусловно не лишено некоторого интереса, и я вам очень признателен за это, — сказал Шерлок Холмс. — В свое время мне приходилось читать о нем в газетах, но тогда я был так занят историей с ватиканскими камеями[1] и так старался услужить папе, что прозевал несколько любопытных дел в Англии. Значит, это все, что сообщалось о смерти сэра Чарльза?

— Да.

— Тогда познакомьте меня с теми фактами, которые не попали в печать.

— Он откинулся на спинку кресла, сомкнул кончики пальцев и принял вид строгого и беспристрастного судьи.

— Мне еще ни с кем не приходилось говорить об этом, — начал доктор Мортимер, явно волнуясь. — Я о многом умолчал на следствии по той простой причине, что человеку науки неудобно поддерживать слухи, рожденные суеверием. И я считаю, что газета права: усугублять и без того мрачную репутацию Баскервиль-холла — значит обрекать его на прозябание без хозяина. Руководствуясь этими соображениями, я предпочел кое о чем умолчать, ибо излишняя откровенность все равно не принесла бы пользы, Но с вами я могу говорить напрямик.

Торфяные болота — место довольно безлюдное, поэтому более или менее близкие соседи стараются почаще встречаться друг с другом. Что касается меня, то я проводил довольно много времени в обществе сэра Чарльза Баскервиля. Если не считать мистера Френкленда из Лефтер-холла да еще натуралиста мистера Стэплтона, в наших местах на протяжении многих миль не встретить ни одного образованного человека. Сэр Чарльз любил уединение, но его болезнь сблизила нас, а общие интересы еще больше укрепили эту близость. Он привез весьма ценные научные материалы из Южной Африки, и мы с ним провели много приятных вечеров, обсуждая сравнительную анатомию бушменов и готтентотов.[2]

---

[1] Камеи — небольшие, вырезанные на ценном камне рельефные изображения лиц пли предметов.

[2] Бушмены и готтентоты — африканские племена.

Последнее время мне с каждым месяцем становилось все яснее, что нервы сэра Чарльза напряжены до предела. Он верил в эту легенду, которую я вам прочитал, и, гуляя по своим владениям, не решался выходить на болота ночью. Вам это покажется нелепостью, мистер Холмс, но сэр Чарльз был твердо убежден, что над его родом тяготеет страшное проклятие, и, действительно, примеры, которые он приводил из прошлого своей семьи, были неутешительны. Ему не давала покоя навязчивая идея о каком-то призрачном существе, и он то и дело спрашивал меня, не видал ли я чего-либо странного, когда ходил с визитами по больным, и не слышал ли собачьего лая. Последний вопрос сэр Чарльз задавал мне особенно часто, и его голос дрожал при этом от волнения.

Помню, как сейчас, недели за три до трагического события я подъехал вечером к Баскервиль-холлу. Сэр Чарльз стоял в дверях дома. Я вылез из шарабана и, подойдя к нему, вдруг заметил, что он смотрит куда-то через мое плечо с выражением предельного ужаса в глазах. Я круто обернулся и успел только мельком увидеть в самом конце аллеи какое-то животное вроде большого черного теленка. Сэр Чарльз был в таком волнении и страхе, что мне пришлось пойти туда, где оно промелькнуло, и посмотреть, куда оно делось. Но там ничего не было.

Это происшествие произвело очень тяжелое впечатление на моего друга. Я провел с ним весь тот вечер, и вот тогда-то, решив объяснить мне причину своей тревоги, он и попросил меня взять на сохранение эту рукопись, с которой я счел нужным ознакомить вас прежде всего. Я упомянул об этом маловажном случае только потому, что он приобрел некоторое значение в последующей трагедии, но в то время все это показалось мне чистейшим вздором, никак не оправдывающим волнение моего друга.

Сэр Чарльз, по моему совету, собирался в Лондон. Сердце у него было не в порядке, а страх, не дававший ему ни минуты покоя, явно сказывался на его здоровье, хотя причины этого страха были, на мой взгляд, просто вымышленные. Я рассчитывал, что несколько месяцев городской жизни подействуют на сэра Чарльза освежающе и он вернется назад новым человеком. Того же мнения был мистер Стэплтон, который проявлял всегда большую заботу о здоровье нашего общего друга. И вот в самую последнюю минуту разразилось это страшное несчастье.

Дворецкий Бэрримор, нашедший ночью тело сэра Чарльза, немедленно послал ко мне верхом конюха Перкинса. Я поздно засиделся за работой и поэтому поспел в Баскервиль-холл быстро, самое большее через час. Все факты, о которых упоминалось на следствии, были мною проверены и сопоставлены один с другим. Я прошел по следам сэра Чарльза всю тисовую аллею, осмотрел то место у калитки, где он, по-видимому, останавливался, обратил внимание на изменившийся характер его следов, убедился, что, кроме них, на мягком гравии видны только следы Бэрримора, и, наконец, тщательно обследовал тело, к которому до моего приезда никто не прикасался. Сэр Чарльз лежал ничком, раскинув руки, вцепившись пальцами в землю, и судорога так исказила его лицо, что я не сразу мог опознать труп. Физических повреждений на нем не оказалось. Но Бэрримор дал ошибочные показания на следствии. По его словам, на земле около тела не было Видно никаких следов. Он просто не заметил их, а я заметил. На небольшом расстоянии от сэра Чарльза виднелись совершенно свежие и четкие…

— Следы?

— Следы.

— Мужские или женские?

Доктор Мортимер как-то странно посмотрел на нас и ответил почти шепотом:

— Мистер Холмс, это были отпечатки лап огромной собаки!

Глава III. Задача

Признаюсь, что при этих словах мороз пробежал у меня по коже. Судя по тому, как дрожал голос у доктора, он сам был глубоко взволнован своим рассказом. Холмс подался всем телом вперед, и в глазах у него вспыхнули сухие, колючие искорки — верный признак проснувшегося интереса.

— Вы сами их видели?

— Точно так же, как вижу вас.

— И ничего об этом не сказали!

— А зачем?

— Неужели, кроме вас, их никто не видел?

— Они были шагах в тридцати от тела, и на них, вероятно, просто не обратили внимания. Я бы сам ничего не заметил, если б не вспомнил легенду.

— На болотах, должно быть, много овчарок?

— Разумеется. Но это была не овчарка.

— Вы говорите, что следы очень большие?

— Огромные.

— Но к телу сэра Чарльза они не приближали?

— Нет.

— Какая тогда стояла погода?

— Сырая, холодная.

— Но дождя не было?

— Нет.

— А что представляет собой эта аллея?

— По бокам высокая зеленая изгородь из тесно сросшихся старых тисов. Посередине — дорожка футов восьми в ширину.

— А между кустарником и дорожкой есть что-нибудь?

— Да, по обе стороны идет полоска дерна около шести футов в ширину.

— Если я правильно вас понял, в аллее есть калитка?

— Да, и эта калитка ведет на болота.

— А других выходов туда нет?

— Нет.

— Следовательно, в тисовую аллею можно попасть или прямо из дома, или через калитку, которая ведет на болота?

— Есть еще один выход — через беседку в дальнем конце.

— Сэр Чарльз дошел туда?

— Нет, он лежал шагах в пятидесяти от нее.

— Теперь, доктор Мортимер, будьте добры ответить мне на один очень важный вопрос: замеченные вами следы были не на траве, а на дорожке?

— На траве следов обычно не видно.

— Они были на той же стороне дорожки, где калитка?

— Да, на самом краю, ближе к калитке.

— Чрезвычайно интересно! Еще один вопрос: калитка была закрыта?

— Не только закрыта, но и заперта на висячий замок.

— Какой она вышины?

— Фута четыре.

— Значит, через нее можно перелезть?

— Да.

— А около самой калитки было что-нибудь обнаружено?

— Нет, ничего особенного.

— Боже мой! Неужели там не посмотрели?

— Нет, я сам смотрел.

— И ничего не нашли?

— Там трудно было что-нибудь разобрать. Сэр Чарльз, по-видимому, простоял у калитки минут пять — десять.

— Почему вы так думаете?

— Потому что пепел дважды упал с его сигары.

— Превосходно! Вот такой помощник нам под стать! Правда, Уотсон? Ну, а следы?

— Гравий был испещрен его следами. Других я не заметил.

Шерлок Холмс нетерпеливо ударил себя ладонью по колену.

— Ах, если б я сам там был! — воскликнул он. — Это, по-видимому, чрезвычайно интересное дело. Какие богатые возможности для серьезного научного расследования! Гравий — это такая страница, на которой я мог бы столько всего прочесть! А теперь она размыта дождем, затоптана башмаками любопытных фермеров... Ах, доктор Мортимер, доктор Мортимер! Почему же вы меня сразу не позвали? Какой грех на вашей совести!

— Я не мог обратиться к вам, мистер Холмс: ведь тогда мне пришлось бы предать гласности все эти факты, а я уже объяснил, что меня удерживало от такого шага. Кроме того, кроме того...

— Что же вы колеблетесь?

— Есть некая область, где бессилен самый проницательный и самый опытный сыщик.

— Вы намекаете, что мы имеем дело со сверхъестественной силой?

— Я этого не говорю.

— Не «говорю», но «думаю»?

— С тех пор как произошло это несчастье, мистер Холмс, мне рассказали несколько случаев, которые трудно связать с естественным ходом вещей.

— Например?

— Я выяснил, что кое-кто из местных жителей еще до трагической смерти сэра Чарльза видел на болотах некое странное существо, в точности соответствующее описаниям баскервильского демона и не похожее ни на какое другое животное, известное науке. Все видевшие его утверждали в один голос: это страшный светящийся призрак непомерной величины. Я опросил этих людей. Их было трое:

наш сосед, человек весьма трезвых взглядов на вещи, здешний кузнец и один фермер. Все они рассказывают о чудовищном привидении, почти слово в слово повторяя описание того пса, о котором говорится в легенде. Верьте мне, мистер Холмс: во всей нашей округе царит ужас, выходить на болото ночью никто не отваживается, разве только самые отчаянные смельчаки.

— И вы, человек науки, верите, что это явление сверхъестественное?

— Я сам не знаю, чему верить.

Холмс пожал плечами.

— До сих пор моя сыскная деятельность протекала а пределах этого мира, — сказал он. — Я борюсь со злом по мере своих скромных сил и возможностей, но восставать против самого прародителя зла будет, пожалуй, чересчур самонадеянно с моей стороны. Однако вы не станете отрицать, что следы на гравии — вещь весьма реальная?

— Собаке, о которой говорится в предании, нельзя отказать в реальности, если она смогла загрызть человека. И все же в ней было что-то демоническое.

— Я вижу, вы окончательно перешли на сторону мистиков, доктор Мортимер. Тогда скажите мне вот что. Если вы стали на такую точку зрения, зачем вам понадобился я? Вы говорите мне, что расследовать обстоятельства смерти сэра Чарльза бесполезно, и в то же время просите меня взяться за это.

— Я ни о чем таком вас не просил.

— Тогда чем же я могу помочь вам?

— Советом. Скажите мне, как я должен поступить с сэром Генри Баскервилем, который приедет на вокзал Ватерлоо, — доктор Мортимер посмотрел на часы, — ровно через час с четвертью.

— Это и есть наследник?

— Да. После смерти сэра Чарльза мы навели о нем справки и выяснили, что он ведет хозяйство у себя на ферме, в Канаде. Судя по отзывам, это прекрасный, достойнейший молодой человек. Я сейчас говорю не как врач, а как доверенное лицо и душеприказчик сэра Чарльза.

— Других претендентов на наследство нет?

— Нет. Единственный другой родственник, о котором нам удалось кое-что узнать, это Роджер Баскервиль, младший брат несчастного сэра Чарльза. Всех братьев было трое. Средний, умерший в молодых годах, — отец этого Генри. Младший, Роджер, считался в семье паршивой овцой. Он унаследовал баскервилевскую деспотичность и был как две капли воды похож на фамильный портрет того самого Гуго Баскервиля. В Англии Роджер не ужился и был вынужден скрыться в Центральную Америку, где и умер в 1876 году от желтой лихорадки. Генри — последний отпрыск рода Баскервилей. Через час пять минут я должен буду встретить его на вокзале Ватерлоо. Он известил меня телеграммой, что сегодня утром приезжает в Саутгемптон. Так вот, мистер Холмс, посоветуйте, как мне с ним быть?

— А почему бы ему не уехать сразу в свое родовое поместье?

— Да, такое решение напрашивается само собой. Но вспомните, что все Баскервили, которые жили там, кончали трагически. Я уверен, будь у сэра Чарльза возможность поговорить со мной перед смертью, он запретил бы мне привозить последнего отпрыска древнего рода в это страшное место. И в то же время нельзя отрицать, что благоденствие всей нашей унылой, нищей округи зависит от того, согласится сэр Генри жить в своем поместье или нет. Если Баскервиль-холл будет пустовать, все начинания сэра Чарльза пойдут прахом. Я боюсь, как бы моя личная заинтересованность в наших местных делах не взяла надо мной верх, и поэтому обращаюсь за советом к вам.

Холмс задумался.

— В двух словах дело обстоит так, — сказал он наконец. — Вы считаете, что некая злая сила делает Дартмур небезопасным для Баскервилей. Правильно я вас понял?

— Во всяком случае, некоторые данные для таких опасений имеются.

— Так. Но если ваша теория о сверхъестественных силах правильна, то они могут погубить этого молодого человека не только в Девоншире, но и в Лондоне. Трудно представить себе дьявола с такой узкоместной властью. Ведь это не какой-нибудь член приходского управления.

— Если б вам пришлось столкнуться со всем этим самому, мистер Холмс, вы бы не стали так шутить. Значит, по-вашему, молодому человеку безразлично, где быть — в Лондоне или Девоншире? Он приезжает через пятьдесят минут. Посоветуйте, что мне делать?

— Я советую вам, сэр, позвать кэб, взять с собой своего спаниеля, который скребется у входной двери, и ехать на вокзал встречать сэра Генри Баскервиля.

— А потом?

— Потом вы будете ждать, пока я обдумаю дальнейший план действий, а до тех пор ничего ему не говорите.

— Сколько вам потребуется времени на это?

— Одни сутки. Я буду вам весьма обязан, доктор Мортимер, если вы явитесь сюда завтра в десять часов утра и приведете с собой сэра Генри Баскервиля. Мне нужно познакомиться с ним.

— Хорошо, мистер Холмс.

Он записал дату и час свидания на манжете и, так же рассеянно озираясь по сторонам, быстро вышел из комнаты.

Холмс окликнул его с площадки:

— Еще один вопрос, доктор Мортимер. Вы говорите, что привидение являлось на болотах и раньше?

— Да, об этом рассказывают трое.

А после смерти сэра Чарльза ничего такого не было?

— Не знаю. Не слышал.

— Благодарю вас. Всего хорошего.

Холмс сел на свое место в углу дивана и улыбнулся той спокойной, удовлетворенной улыбкой, которая всегда появлялась у него на лице, когда перед ним вставала достойная его задача.

— Уходите, Уотсон?

— Да, если я ничем не могу вам помочь.

— Нет, друг мой, я обращаюсь к вам за помощью, когда надо приступать к действию. Но какое великолепное дело! Во многих отношениях просто из ряда вон выходящее. Когда будете проходить мимо Бредли, заверните к нему и попросите прислать мне фунт самого крепкого табака. Благодарю заранее. Постарайтесь не возвращаться до вечера. А тогда я с радостью обменяюсь с вами впечатлениями по поводу чрезвычайно интересной задачи, которую нам задали сегодня утром.

Уединение и покой были необходимы моему другу в часы напряженной умственной работы, когда он взвешивал все мельчайшие подробности дела, строил одну за другой несколько гипотез, сравнивал их между собой и решал, какие сведения существенны и какими можно пренебречь. Поэтому я провел весь день в клубе и вернулся на Бейкер-стрит только к вечеру, около девяти часов.

Я открыл дверь в гостиную и перепугался — уж не пожар ли у нас? — ибо в комнате стоял такой дым, что сквозь него еле брезжил огонь лампы. Но мои опасения были напрасны: мне ударило в нос едким запахом крепчайшего дешевого табака, отчего у меня немедленно запершило в горле. Сквозь дымовую завесу я еле разглядел Холмса, удобно устроившегося в кресле. Он был в халате и держал в зубах свою темную глиняную трубку. Вокруг него лежали какие-то бумажные рулоны.

— Простудились, Уотсон? — спросил он.

— Нет, просто дух захватило от этих ядовитых фимиамов.

— Да, вы, кажется, правы: здесь немного накурено.

— Какое там «немного»! Дышать нечем!

— Тогда откройте окно. Я вижу, вы просидели весь день в клубе?

— Холмс, дорогой мой!

— Правильно?

— Разумеется, правильно, но как вы…

Он засмеялся, глядя на мою растерянную физиономию.

— Ваше простодушие, Уотсон, поистине восхитительно! Если б вы знали, как мне приятно проверять на вас свои скромные силы! Джентльмен уходит из дому в мерзкую, дождливую погоду. Вечером он возвращается чистенький, без единого пятнышка. Цилиндр и ботинки на нем сверкают по-прежнему. Следовательно, он где-то сидел сиднем весь день. Близких друзей у него нет. Где же он был? Разве это не очевидно?

— Да, совершенно очевидно.

— Мир полон таких очевидностей, но их никто не замечает. Как вы думаете, где был я?

— Тоже весь день просидели сиднем?

— Вот и нет, я успел побывать в Девоншире.

— Мысленно?

— Совершенно верно. Мое тело оставалось здесь, в кресле, и, как это ни грустно, успело выпить за день два больших кофейника и выкурить невероятное количество табака. Как только вы ушли, я послал к Стенфорду за картой дартмурских болот, и мой дух блуждал по ним весь день. Льщу себя надеждой, что теперь я освоился с этими местами как следует.

— Карта крупного масштаба?

— Да, очень крупного. — Он развернул один сектор этой карты и положил его на колени. — Вот тот самый участок, который нас интересует. В середине стоит Баскервиль-холл.

— Окруженный лесом?

— Совершенно верно. Тисовая аллея здесь не обозначена, но я полагаю, что она идет справа, параллельно болотам. Вот эта маленькая группа строений — та самая деревушка Гримпен, где находится штаб-квартира нашего друга, доктора Мортимера. Как видите, на пять миль в окружности жилье встречается очень редко. Вот это Лефтер-холл, о котором упоминал доктор. Здесь, по-видимому, стоит дом натуралиста Стэплтона, если я правильно запомнил его фамилию. Вот это — две фермы: «Каменные столбы» и «Гнилое болото». В четырнадцати милях от них — принстаунская каторжная тюрьма. А между этими отдельными точками и вокруг них расстилаются унылые, лишенные признаков жизни болота. Вот вам сцена, на которой разыгралась эта трагедия и, может быть, разыграется еще раз на наших глазах.

— Да, места дикие.

— Сцена обставлена как нельзя лучше. Если дьявол действительно захотел вмешаться в людские дела…

— Значит, вы тоже склонны видеть во всем этом нечто сверхъестественное?

— А разве пособники дьявола не могут быть облечены в плоть и кровь? Для начала нам придется решить два вопроса. Первый: было ли здесь совершено преступление? Второй: в чем заключается это преступление и как оно было совершено? Разумеется, если доктор Мортимер прав в своих догадках и мы имеем здесь дело с силами, которые находятся вне законов природы, тогда нам придется сложить оружие. Но прежде чем успокаиваться на этом, надо проверить до конца все другие гипотезы. Давайте-ка закроем окно, если вы не возражаете. Как это ни странно, но, по-моему, концентрация табачного дыма способствует концентрации мысли. Я еще не дошел до того, чтобы забираться в ящик во время своих размышлений, но логический вывод из моей теории именно таков. Ну как, вы успели подумать над этим делом?

— Оно не выходило у меня из головы весь день.

— И к чему же вы пришли?

— Запутанная история.

— Да, история весьма своеобразная. Особенно в некоторых деталях. Например, изменившийся характер следов. Как вы это объясняете?

— Мортимер говорил, будто бы сэр Чарльз прошел эту часть аллеи на цыпочках.

— Он только повторил слова какого-то идиота, сказанные во время следствия. Зачем это человеку может понадобиться идти по аллее на цыпочках!

— Тогда в чем же тут дело?

— Он бежал, Уотсон. Спасался, бежал со всех ног. Так бежал, что сердце у него не выдержало и он на всем бегу упал мертвый.

— Спасался? Но от кого?

— В том-то вся и загвоздка. Судя по некоторым данным, Чарльз Баскервиль потерял голову от страха, прежде чем обратиться в бегство.

— Почему вы так думаете?

— То, что его так напугало, двигалось к нему с болот. Если я не ошибаюсь — а по-видимому, все так и было, как я предполагаю, — то бежать не к дому, а от дома мог только обезумевший человек. Цыган показал на следствии, сэр Чарльз призывал на помощь, но бежал он в том направлении, где меньше всего можно было на нее рассчитывать. Потом еще одна загадка: кого он поджидал в тот вечер и почему свидание должно было состояться в тисовой аллее, а не в доме?

— Вы думаете, что он ждал кого-то?

— Посудите сами: больной пожилой человек отправился вечером на прогулку — ничего удивительного в этом нет. Но ведь в тот день было сыро, холодно. Зачем же ему понадобилось попусту стоять у калитки пять, а то и десять минут, как утверждает доктор Мортимер, обративший внимание на сигарный пепел? Между прочим, как это ни странно, но ему нельзя отказать в наблюдательности.

— Сэр Чарльз совершал такие прогулки каждый вечер.

— И каждый вечер останавливался у калитки? Вряд ли. Наоборот, есть сведения, что сэр Чарльз старался держаться подальше от болот. А в ту ночь он кого-то ждал там. И это было накануне его предполагаемого отъезда в Лондон. Видите, Уотсон, как все складывается — звено к звену! А теперь будьте любезны дать мне скрипку, и мы отложим всякое попечение об этом деле в надежде на то, что завтрашний визит доктора Мортимера и сэра Генри Баскервиля даст нам новую пищу для размышлений.

Глава IV. Сэр Генри Баскервиль

Мы позавтракали рано, и Холмс, облаченный в халат, приготовился к приему посетителей. Наши клиенты не опоздали ни на секунду — как только часы пробили десять, доктор Мортимер вошел в кабинет в сопровождении молодого баронета. Последнему было лет тридцать. Небольшого роста, коренастый, крепкий, он производил впечатление очень живого, здорового человека. Выражение его лица показалось мне упрямым; карие глаза смело смотрели на нас из-под густых темных бровей. Коричневый костюм спортивного покроя и смуглая обветренная кожа свидетельствовали о том, что этот человек отнюдь не домосед и не белоручка, и в то же время спокойная, уверенная осанка выдавала в нем истинного джентльмена.

— Сэр Генри Баскервиль, — представил его нам доктор Мортимер.

— Да, он самый, — сказал баронет. — И любопытнее всего то, мистер Холмс, что если б мой друг не предложил мне посетить вас, я пришел бы к вам по собственному почину. Вы, говорят, умеете отгадывать разные ребусы, а я как раз сегодня утром столкнулся с таким, который мне не по силам.

— Присаживайтесь, сэр Генри. Если я правильно вас понял, то по приезде в Лондон с вами произошло нечто не совсем обычное?

— Я не придаю этому особого значения, мистер Холмс. По-видимому, надо мной кто-то подшутил. Но сегодня утром я получил вот это письмо, если только оно заслуживает подобного внимания.

Он положил на стол конверт, и мы стали разглядывать его. Конверт оказался самым обыкновенным, из серой бумаги. Адрес — «Отель „Нортумберленд“, сэру Генри Баскервилю» — был написан крупными печатными буквами; на почтовом штемпеле стояли: «Черинг-кросс» и время отправления — вечер предыдущего дня.

— Кто-нибудь знал, что вы остановитесь в отеле «Нортумберленд»? — спросил Холмс, бросив пытливый взгляд на нашего гостя.

— Никто не знал. Я решил, где остановиться, только после встречи с доктором Мортимером.

— Но доктор Мортимер, очевидно, сам там остановился?

— Нет, я живу у знакомых, — сказал доктор. — Никто не мог знать, что мы поедем именно в этот отель.

— Гм! Значит, вашими передвижениями кто-то очень интересуется.

Холмс вынул из конверта сложенный вчетверо лист бумаги, развернул его и положил на стол. Посередине страницы стояла одна-единственная фраза, составленная из подклеенных одно к другому печатных слов. Она гласила следующее: «Если рассудок и жизнь дороги вам, держитесь подальше от торфяных болот». Слова «торфяных болот» были написаны от руки, чернилами.

— Так вот, мистер Холмс, — сказал сэр Генри Баскервиль, — может быть, вы разъясните мне, что все это значит и кто проявляет такой интерес к моим делам?

— А что скажете вы, доктор Мортимер? На сей раз тут как будто нет ничего сверхъестественного?

— Да, сэр, но, может быть, письмо послано человеком, который убежден в том, что вся эта история совершенно сверхъестественна.

— Какая история? — резко спросил сэр Генри. — Вы, джентльмены, по-видимому, осведомлены о моих делах гораздо лучше, чем я сам!

— Мы посвятим вас во все, сэр Генри. Без этого вы не уйдете отсюда, поверьте моему слову, — сказал Шерлок Холмс. — А сейчас давайте займемся этим весьма любопытным документом, который был составлен и опущен в почтовый ящик вчера вечером. Уотсон, есть у нас вчерашний «Таймс»?

— Вон там, в углу.

Будьте любезны, дайте, пожалуйста, ту страницу, где передовая статья. — Он быстро пробежал ее глазами. «Свобода торговли»... Прекрасная передовица! Разрешите мне прочитать вслух один абзац. «Если кто-нибудь будет стараться внушить вам, что та отрасль промышленности, в которой вы лично заинтересованы, находится под защитой протекционных тарифов, держитесь подальше от таких людей, ибо рассудок должен вам подсказать, что подобная система в конце концов подорвет наш импорт и нарушит нормальную жизнь нашего острова, интересы которого дороги всем нам». Что вы об этом скажете, Уотсон? — воскликнул Холмс, радостно потирая руки. — Блестящая мысль, не правда ли?

Доктор Мортимер посмотрел на Холмса, как смотрят заботливые врачи на тяжело больных пациентов, а сэр Генри Баскервиль обратил ко мне недоумевающий взгляд своих карих глаз.

— Я не очень-то разбираюсь в таких вопросах, как тарифная политика, — сказал он, — но мне кажется, что мы несколько отклонились от нашей темы.

— Напротив! Мы идем по горячим следам, сэр Генри. Уотсон знаком с моим методом лучше вас, но боюсь, что смысл прочитанного отрывка ускользнул даже от него.

— Да, признаюсь, я не вижу никакой связи между ним и письмом.

— А связь, дорогой мой Уотсон, настолько тесная, что, по сути дела, одно состряпано из другого. «Если», «вам», «держитесь подальше от», «рассудок», «жизнь», «дороги», Неужели вы не догадываетесь, откуда взяты эти слова?

— Ах, черт возьми! Конечно, вы правы, какая блестящая догадка! — воскликнул сэр Генри.

— Если вы все еще сомневаетесь, то взгляните на слова «держитесь подальше от» — они вырезаны подряд. — Ну-ка... Да, действительно!

— Знаете, мистер Холмс, я даже не представлял себе, что такие вещи возможны! — сказал доктор Мортимер, с изумлением глядя на моего друга. — Догадаться; что слова вырезаны из газетного текста, это еще туда-сюда. Но безошибочно назвать газету, и мало того — указать статью, из которой они взяты, это превосходит всякое воображение! Как вы догадались?

— Я полагаю, доктор, что вы можете отличить череп негра от черепа эскимоса?

— Разумеется, могу.

— Каким образом?

— Но ведь это мой конек! Разница между тем и другим совершенно очевидна. Надбровные дуги, лицевой угол, строение челюсти…

— А у меня тоже есть свой конек. На мой взгляд, разница между боргесом на шпонах[1], которым набираются передовицы «Таймса», и слепым шрифтом дешевеньких вечерних листков не менее очевидна, чем разница между вашими неграми и эскимосами. Знание шрифтов — одно из самых элементарных требовании к сыщику, хотя должен признаться, что во дни своей юности я однажды спутал «Лидского Меркурия» с «Утренними известиями». Но передовицу «Таймса» ни с чем не спутаешь, и эти слова могли быть вырезаны только оттуда. А поскольку письмо было отправлено вчера, все говорило за то, что нам следовало прежде всего заглянуть во вчерашний номер.

— Значит, мистер Холмс, — сказал сэр Генри Баскервиль, — кто-то составил это письмо, вырезав ножницами…

— Маникюрными ножницами, — перебил его Холмс. — Вы обратили внимание, какие у них короткие концы? Для того, чтобы вырезать слова «держитесь подальше от», пришлось сделать два надреза.

---

[1] Боргес — один из видов типографского шрифта. Шпоны — тонкие металлические пластинки, которые употребляются в типографиях для увеличения расстояния между строками набора.

— Совершенно верно. Кто-то вырезал эти слова ножницами с короткими концами и наклеил их…

— Гуммиарабиком, — подсказал Холмс.

— …и наклеил их гуммиарабиком на бумагу. Но почему же тогда слова «торфяных болот» написаны от руки?

— Потому что автор письма не нашел их в газете. Все остальные слова довольно обыкновенные, их можно встретить в любом тексте, а эти попадаются сравнительно редко.

— Весьма правдоподобное объяснение. А что еще вам удалось здесь вычитать, мистер Холмс?

— Кое-что удалось, хотя автор прилагал все старания к тому, чтобы уничтожить малейшую улику. Как вы сами можете убедиться, адрес написан крупными печатными буквами. Но такая газета, как «Таймс», редко попадает в руки простых людей. Следовательно, отсюда можно заключить, что письмо было составлено образованным человеком, который старался выдать себя за необразованного и нарочно изменил почерк, по-видимому опасаясь, как бы вы не узнали его, если не сейчас, то потом. Кроме того, обратите внимание, что слова наклеены неровно, некоторые из них выступают над строчкой. Например, слово «жизнь» сидит совсем не на месте. Это указывает на небрежность автора письма, а может быть, и на волнение или спешку. Я, пожалуй, склонен думать, что всему виной именно волнение и спешка, ибо вряд ли этот человек проявил бы небрежность в таком, по-видимому, серьезном деле. Если он действительно торопился, то интересно знать почему. Ведь письмо, опущенное вчера, так или иначе должно было застать сэра Генри в отеле. Может быть, автор его боялся какой-то помехи. Но с чьей стороны?

— Мы, кажется, вступили в область догадок, — заметил доктор Мортимер.

— Скажите лучше — в область, где взвешиваются все возможности, с тем чтобы выбрать из них наиболее правдоподобную. Таково научное использование силы воображения, которое всегда работает у специалистов на твердой материальной основе. Вы, разумеется, назовете это чистой догадкой, но я почти уверен, что адрес писался в какой-то гостинице.

— Почему вы так думаете?

— Осмотрите конверт повнимательнее, и вы увидите, что писавшему не повезло с письменными принадлежностями. Перо дважды запнулось на одном слове, и его пришлось трижды обмакнуть в чернильницу, чтобы написать такой короткий адрес. Значит, чернил было мало, на самом дне. Собственное перо и чернильницу редко доводят до такого состояния, а чтобы и то и другое отказывалось служить — это уж исключительный случай. Но, как вы знаете, в гостиницах других перьев и других чернильниц почти не бывает. Да, я, почти не колеблясь, скажу, что если б нам удалось обследовать все корзинки для бумаг во всех гостиницах поблизости от Черинг-кросса и обнаружить там остатки изрезанной передовицы «Таймса», мы сразу нашли бы автора этого странного послания... Стойте! Стойте! Что это?

Он стал внимательно вглядываться в страницу, на которой были наклеены слова, держа ее на расстоянии одного-двух дюймов от глаз.

— Ну что?

— Нет, ничего, — сказал Холмс и положил письмо на стол. — Бумага совершенно гладкая, даже без водяных знаков. Нет, мы выжали из этого любопытного письма все, что было можно. А теперь, сэр Генри, расскажите, не случилось ли с вами чего-либо из ряда вон выходящего с тех пор, как вы приехали в Лондон.

— Да нет, мистер Холмс, как будто ничего такого не случилось.

— Никто вас не подкарауливал, не выслеживал?

— Я, кажется, угодил в какой-то детективный роман, — сказал наш гость. — Кому может взбрести в голову устанавливать за мной слежку?

— Дайте срок, мы поговорим и об этом. А пока подумайте: неужели вам не о чем рассказать нам?

— Смотря по тому, что вы считаете достойным вашего внимания.

— Все, что так или иначе выходит за рамки обычного уклада жизни.

Сэр Генри улыбнулся:

— Почти все мое детство и юность прошли в Соединенных Штатах и в Канаде, поэтому английский уклад жизни мне еще в новинку. Но вряд ли у вас считается в порядке вещей, когда у человека вдруг пропадает один башмак.

— Вы потеряли один башмак?

— Друг мой, — воскликнул доктор Мортимер, — да ваш башмак просто куда-нибудь засунули! Он найдется. Стоит ли беспокоить мистера Холмса из-за таких пустяков!

— Но ведь он спрашивает, не случилось ли со мной чего-нибудь необычного.

— Совершенно верно, — сказал Холмс. — Меня интересует каждая мелочь, как бы она ни была нелепа. Значит, у вас пропал башмак?

— Да, но, может быть, его действительно куда-нибудь засунули. Вчера вечером я выставил башмаки за дверь, а утром там оказался только один. От коридорного мне так и не удалось добиться вразумительного ответа. Обиднее всего, что я купил эту пару всего лишь накануне, на Стренде, и даже не успел обновить ее.

— Вы отдали чистить новые башмаки? Зачем же это?

— Они светло-коричневые. Поэтому я велел почистить их темной ваксой.

— Значит, по приезде в Лондон вы сразу же отправились покупать башмаки?

— Я вообще ходил по магазинам. Доктор Мортимер составил мне компанию. Дело в том, что если уж человеку суждено стать владельцем большого поместья, так и одеваться надо соответственно, а я несколько пренебрегал своим туалетом, живя на Западе. В числе других вещей были куплены и эти башмаки — ценой в шесть долларов! — а вот надеть-то их так и не пришлось.

— Если это кража, то довольно бессмысленная, — сказал Шерлок Холмс. — Я, признаться, согласен с доктором Мортимером: ваш башмак скоро найдется.

— А теперь, джентльмены, — решительно заговорил баронет, — довольно мне рассуждать о том, чего я до сих пор толком не знаю. Пора вам сдержать свое слово и объяснить мне, к чему клонятся все эти разговоры.

— Законное требование, — согласился Холмс. — Доктор Мортимер, по-моему, вы должны сами все рассказать сэру Генри, как рассказывали нам.

Ободренный этой просьбой, наш ученый друг вынул из кармана рукопись и газету и повторил слово в слово свой вчерашний рассказ. Сэр Генри слушал с глубоким вниманием, время от времени прерывая доктора удивленными возгласами.

— Н-да, хорошее мне досталось наследство! — сказал он, когда длинное повествование было закончено. — О собаке я, конечно, слышал еще с детских лет. Эту легенду любили, рассказывать в нашей семье, хотя до сих пор я не придавал ей никакого значения. А что касается смерти дяди, то у меня так все перепуталось в голове, что я еще ничего не могу понять. Да, по-моему, вы сами не знаете, к кому тут надо было обращаться — к священнику или к полисмену.

— Совершенно верно.

— А теперь еще это письмо, которое я получил. Оно, по-видимому, как-то связано с общим ходом событий.

— Да, судя по нему, кто-то знает гораздо лучше нас о том, что происходит на торфяных болотах, — сказал доктор Мортимер.

— И этот «кто-то», по-видимому, расположен к вам, — сказал Холмс, — если он предупреждает вас об опасности.

— А может быть, наоборот — кому-то выгодно отпугнуть меня от Баскервиль-холла?

— Это тоже не исключено… Я вам очень признателен, доктор Мортимер, что вы предложили мне такую интересную, сложную ядочу. Но теперь, сэр Генри, надо решать по существу: можно ли вам ехать в Баскервиль-холл или нельзя?

— А почему бы мне туда не поехать?

— По-видимому, это небезопасно.

— Откуда же эта опасность исходит — от нашего семейного пугала или от людей?

— Вот это мы и должны выяснить.

— Как бы там ни было, но ответ мой будет таков: ни адские силы, ни людские козни не удержат меня здесь. Я поеду в дом своих предков. Это решено окончательно. — Его темные брови сошлись в одну линию, по смуглому лицу разлилась краска. Баскервилевская неукротимость явно давала себя знать и в этом последнем отпрыске их рода. — Я еще не успел обдумать то, что мне пришлось услышать от вас. Не так-то легко сразу все усвоить и сразу решить, как быть дальше. Мне бы хотелось побыть часок одному и поразмыслить обо всем на досуге. Знаете что, мистер Холмс? Сейчас половина двенадцатого, и я отправляюсь прямо к себе в отель. Что, если вы и ваш друг, доктор Уотсон, придете к нам позавтракать часа в два? К тому времени я все-таки что-нибудь надумаю.

— Вас это устраивает, Уотсон?

— Вполне.

— Тогда мы приедем. Позвать вам кэб?

— Нет, я лучше прогуляюсь, приду немного в себя после нашего разговора.

— Я с удовольствием присоединюсь к вам, — сказал его спутник.

— Значит, в два часа мы увидимся. До скорой встречи, всего хорошего.

Мы слышали, как наши посетители спустились вниз по ступенькам и захлопнули за собой входную дверь. Холмс мгновенно преобразился — от его томности не осталось и следа, он снова стал человеком действия.

— Одевайтесь, Уотсон, скорей. Нельзя терять ни секунды.

Снимая на ходу халат, он быстро ушел к себе и через две-три минуты вернулся уже в сюртуке.

Мы сбежали вниз по лестнице на улицу. Доктор Мортимер и Баскервиль еще виднелись впереди, шагах в двухстах от нас. Они шли по направлению к Оксфорд-стрит.

— Догнать их?

— Ни в коем случае, друг мой! Если вы со мной не соскучитесь, то я с вами и подавно. Наши друзья правы: прогуляться в такое утро — одно удовольствие.

Он прибавил шагу, и расстояние между нами и нашими недавними посетителями мало-помалу сократилось наполовину. Продолжая сохранять эту дистанцию, мы свернули за ними на Оксфорд-стрит, потом на Риджент-стрит. Около одного из магазинов сэр Генри и доктор Мортимер остановились, разглядывая витрину, и Холмс остановился тоже. Секунду спустя он вдруг удовлетворенно хмыкнул, и, проследив направление его внимательного взгляда, я увидел, что стоявший по ту сторону улицы кэб, в окне которого виднелся седок, медленно двинулся вперед.

— Вот его-то нам и надо, Уотсон! Пойдемте. Постараемся хотя бы разглядеть этого человека.

В ту же минуту передо мной в боковом окне кэба мелькнула густая черная борода, и чьи-то глаза смерили нас пронзительным взглядом. Сейчас же вслед за этим приоткрылось верхнее окошечко, седок что-то крикнул кэбмену, и кэб стремительно понесся по Риджент-стрит. Холмс оглянулся, ища свободный экипаж, но тщетно — свободных не было. Тогда он кинулся в самую гущу уличного движения за кэбом, который быстро исчезал у нас из виду.

— Ах, черт! — бледный от досады, еле выговорил он, вынырнув из уличного потока. — Вот не повезло! Да я сам во всем виноват. Уотсон! Уотсон! Если в вас есть хоть капля порядочности, вы занесете в свои анналы эту мою оплошность наравне с моими успехами.

— Что это за человек?

— Понятия не имею.

— Соглядатай?

— Да, очевидно, за Баскервилем кто-то следит с самого его приезда в Лондон. Иначе откуда стало известно, что он остановился в отеле «Нортумберленд»? Я рассудил так; если его выслеживали в первый день, то будут выслеживать и в дальнейшем. Вы, наверно, обратили внимание, что я дважды подходил к окну, пока доктор Мортимер читал свою легенду?

— Да, помню.

— Мне было интересно, не слоняется ли кто-нибудь около дома, но никаких подозрительных личностей я не заметил. Мы имеем дело с умным человеком, Уотсон. Это все очень серьезно, и хотя мне до сих пор еще неясно, какие здесь действуют силы — добрые или злые, — я тем не менее непрестанно ощущаю чье-то постороннее вмешательство, чей-то точный расчет. Когда наши новые друзья ушли, я тотчас же кинулся за ними вдогонку, надеясь, что вот тут-то мне и попадется их неуловимая тень. А этот хитрец не решился идти пешком и взял кэб, чтобы по мере надобности тянуться сзади или же обгонять их, оставаясь при этом незамеченным. Его прием имеет еще ту выгоду, что, если бы они тоже сели в кэб, он бы не потерял их из виду. Но все же одно уязвимое место в этом приеме есть.

— Кэбмен?

— Вот именно.

— Какая жалость, что мы не заметили его номера!

— Дорогой мой Уотсон! Мне, правда, нечем похвалиться на сей раз, но неужели вы допускаете хоть на одну минуту, что я не заметил номера? Пожалуйста: две тысячи семьсот четыре. Впрочем, сейчас это нам ни к чему.

— Не вижу, что вы могли еще сделать.

— Увидев его, я должен был немедленно повернуть в противоположную сторону, не спеша взять кэб и на почтительном расстоянии следовать за первым. А еще лучше было бы поехать прямо к отелю и ждать дальнейших событий там. Этот таинственный незнакомец проводил бы Баскервиля до дверей, и мы с помощью его же собственного приема могли бы проследить, куда он потом денется. А теперь наш противник поразительно ловко воспользовался моей неуместной поспешностью, которая выдала нас с головой и сбила меня со следа.

Во время этого разговора мы медленно шли по Риджент-стрит, уже не видя перед собой доктора Мортимера и его спутника.

— Теперь не имеет никакого смысла наблюдать за ними, — сказал Холмс.

— Их тень исчезла и больше не появится. Надо посмотреть, какие козыри у нас на руках, и смело бить ими. Вы хорошо разглядели лицо этого человека в кэбе?

— Лицо нет, а бороду разглядел.

— Я тоже... а отсюда следует, что борода была, по всей вероятности, фальшивая. Когда умный человек пускается в такое рискованное, требующее особой осторожности предприятие, ему нужна борода для маскировки. Зайдемте сюда, Уотсон.

Холмс завернул в одну из рассыльных контор этого района, начальник который встретил его с распростертыми объятиями.

— Ага, Уилсон, я вижу, вы не забыли, как мне посчастливилось помочь вам в том маленьком дельце!

— Что вы, сэр, разве это забудешь? Я вам обязан своим честным именем, а может, и жизнью.

— Вы преувеличиваете, друг мой] Кстати, Уилсон, мне помнится, у вас был один мальчуган, по имени Картрайт, который проявил большую сообразительность во время расследования вашего дела.

— Да, сэр, он и сейчас у меня работает.

— Нельзя ли его вызвать? Благодарю вас. И еще будьте любезны разменять мне вот эти пять фунтов.

На зов начальника явился четырнадцатилетний подросток с живым, умным лицом. Он стал перед нами, с благоговением глядя на знаменитого сыщика.

— Дайте мне «Путеводитель по гостиницам», — сказал Холмс. — Благодарю вас. Смотри, Картрайт, вот это — названия двадцати трех гостиниц в районе Черинг-кросс. Видишь?

— Да, сэр.

— Ты обойдешь их все по очереди.

— Слушаю, сэр.

— И для начала будешь давать швейцарам по шиллингу. Вот тебе двадцать три шиллинга.

— Слушаю, сэр.

— Ты скажешь, что тебе нужно посмотреть мусор, выброшенный вчера из корзин. Объяснишь это так: одну очень важную телеграмму доставили по ошибке не в тот адрес, и тебе велено ее разыскать. Понятно?

— Да, сэр.

— Но на самом деле ты будешь искать страницу газеты «Таймс», изрезанную в нескольких местах ножницами. Вот номер «Таймса», а страница нужна вот эта. Ты сможешь отличить ее от других?

— Да, сэр.

— Швейцары будут, конечно, отсылать тебя к коридорным, ты и им дашь по шиллингу. Вот тебе еще двадцать три шиллинга. В двадцати случаях из двадцати трех, вероятно, окажется, что мусор из корзин выкинут или сожжен. Но в трех остальных гостиницах тебе покажут груду бумаг, среди которых ты и поищешь эту страницу. Шансов на удачу очень мало. На всякий случай даю тебе еще десять шиллингов. К вечеру телеграфируй мне, на Бейкер-стрит, как у тебя обстоят дела... А теперь, Уотсон, нам с вами осталось только запросить по телеграфу о кэбмене номер две тысячи семьсот четыре, после чего мы заглянем в какую-нибудь картинную галерею на Бонд-стрит и проведем там время, оставшееся до завтрака.

Глава V. Три оборванные нити

Шерлок Холмс обладал удивительной способностью отрешаться от мыслей о делах. Он весь ушел в созерцание полотен современных бельгийских художников и за два часа, по-видимому, ни разу не вспомнил о странной истории, в которую силой обстоятельств вовлекло и нас. Всю дорогу от картинной галереи до отеля «Нортумберленд» он говорил только о живописи, несмотря на то, что понятия его в этой области отличались крайней примитивностью.

— Сэр Генри Баскервиль ожидает вас наверху, — сказал нам дежурный по вестибюлю. — Он просил сразу же провести к нему гостей.

— Вы не разрешите мне посмотреть списки ваших постояльцев? — спросил Холмс.

— Пожалуйста, сэр.

После фамилии «Баскервиль» в книге были еще две записи: «Теофилиус Джонсон с семьей, из Ньюкасла» и «миссис Олдмор с горничной, из Элтона».

— Не тот ли это Джонсон, которого я когда-то знал? — сказал Холмс дежурному. — Он адвокат, седой и немного прихрамывает?

— Нет, сэр, мистер Джонсон — владелец угольных копей, еще не старый джентльмен, ваших лет.

— Вы уверены, что он не адвокат?

— Уверен, сэр. Мистер Джонсон наш частый гость, мы его знаем не первый год.

— Да? Ну, не спорю. Миссис Олдмор... Я где-то слышал эту фамилию. Простите меня за любопытство, но иной раз бывает так, что ищешь одного знакомого, а находишь другого.

— Миссис Олдмор женщина слабого здоровья, сэр. Ее муж был когда-то мэром Глостера. Она останавливается только у нас, когда приезжает в город.

— Благодарю вас. Вероятно, я спутал ее с другой леди... Эти вопросы помогли нам установить один очень важный факт, Уотсон, — продолжал Холмс вполголоса, пока мы поднимались по лестнице. — Теперь нам ясно, что люди, которые так интересуются нашим другом, остановились не здесь. Значит, старательно наблюдая за каждым его шагом, в чем мы уже убедились, они так же старательно избегают попадаться ему на глаза. А это говорит о многом.

— Например, о чем?

— Ну, хотя бы о том... Хэлло! Друг мой, что случилось?

Мы вышли на верхнюю площадку и столкнулись там с сэром Генри Баскервилем. Он выбежал на лестницу весь красный от гнева, держа в руках старый, пыльный башмак. У него даже язык заплетался от ярости, и когда он наконец обрел дар слова, то сразу сбился на явный американский акцент, чего мы утром за ним не заметили.

— За кого меня принимают в этом отеле — за дурачка, что ли? — закричал сэр Генри. — Не позволю с собой шутить! Если этот болван не найдет моего башмака, я устрою скандал] У меня тоже есть чувство юмора, мистер Холмс, но на сей раз здешние шутники малость пересолили.

— Все еще разыскиваете свою пропажу?

— Да, разыскиваю, и не успокоюсь, пока не найду.

— Но, по-моему, вы говорили о новом светло-коричневом башмаке?

— Да, сэр. А теперь та же история с черным.

— Как! Неужели вы хватились и...

— Вот именно! У меня всего-навсего три пары обуви — новая светло-коричневая, старая черная и лакированные туфли, которые сейчас на мне. Вчера вечером пропал один коричневый башмак, а сегодня стащили и черный... Ну, нашли? Отвечайте же! Что вы на меня так уставились?

На площадке появился взволнованный коридорный-немец:

— Нет, сэр. Я у всех спрашивал, никто ничего не знает.

— Так вот, слушайте: или вы отыщете к вечеру мой башмак, или я пойду к управляющему и заявлю ему, что немедленно съезжаю отсюда.

— Башмак найдется, сэр… Обещаю вам, что найдется… Минутку терпения, сэр.

— Имейте в виду, это в последний раз. Я больше не допущу, чтобы меня обкрадывали в вашем воровском притоне!.. Мистер Холмс, простите, пожалуйста, что я беспокою вас такими пустяками…

— А эти пустяки заслуживают, чтобы из-за них беспокоились.

— Вы уж очень серьезно к ним относитесь!

— Как же вы сами это объясните?

— Я даже не пытаюсь объяснить. Со мной еще никогда в жизни не случалось ничего более нелепого и более странного.

— Более странного?.. Да, это, пожалуй, так, — задумчиво проговорил Холмс.

— А что вы сами об этом скажете?

— Я, собственно, еще ничего не понимаю. История очень запутанная, сэр Генри. Если ее связать со смертью вашего дяди, то из тех пятисот серьезнейших дел, которые мне приходилось распутывать, это будет, пожалуй, самое сложное. Но у меня в руках есть кое-какие нити, и одна из них непременно должна привести нас к разгадке. Мы можем потратить лишнее время, ухватившись не за ту нить, за которую следует, но рано или поздно найдем и нужную.

Мы очень приятно провели время за завтраком, лишь вскользь коснувшись тех вопросов, что свели нас четверых вместе. И Холмс только тогда осведомился о дальнейших планах Баскервиля, когда вся наша компания перешла к нему в номер.

— Я поеду в Баскервиль-холл.

— Когда?

— В конце недели.

— Я считаю ваше решение правильным, — сказал Холмс. — Теперь у меня уже нет никаких сомнений в том, что в Лондоне за вами установлена слежка. Но в таком большом городе трудно выяснить, что это за люди и что им от вас нужно. Если они действуют с дурными намерениями, вам угрожает опасность, которую мы не в силах предотвратить... Доктор Мортимер, вы знаете, что сегодня утром, когда вы от меня вышли, за вами следили?

Доктор Мортимер так и подскочил на месте:

— Следили? Кто?

— Вот этого я, к сожалению, не могу сказать. Среди ваших соседей или знакомых в Дартмуре есть кто-нибудь с окладистой черной бородой?

— Нет... впрочем, постойте... Ну конечно... У дворецкого сэра Чарльза, Бэрримора, окладистая черная борода.

— Гм! А где он сейчас?

— В Баскервиль-холле. Дом оставлен на его попечение.

— Надо проверить, действительно ли он там, а не в Лондоне.

— Как же это сделать?

— Дайте мне телеграфный бланк. «Готовы ли приезду сэра Генри». Адресуем так: «Баскервиль-холл, мистеру Бэрримору». Где у вас там ближайший телеграф? В Гримпене? Прекрасно! Вторую телеграмму пошлем в Гримпен на имя начальника конторы: «Телеграмму адресованную Бэрримору просьба передать собственные руки. Случае отсутствия направьте обратно отель „Нортумберленд“ сэру Генри Баскервилю». Вот так. К вечеру мы будем знать, находится ли Бэрримор на своем посту в Девоншире, или нет.

— Прекрасно, — сказал Баскервиль. — Кстати, доктор Мортимер, что собой представляет этот Бэрримор?

— Он сын покойного управляющего поместьем. Это уже четвертое поколение Бэрриморов, которое живет в Баскервиль-холле. Насколько я знаю, он и его жена вполне почтенные люди.

— Тем не менее, — сказал сэр Генри, — мне совершенно ясно, что пока Баскервиль-холл остается без хозяина, эти люди живут там припеваючи, без забот, без хлопот.

— Да, правильно.

— Бэрримор получил что-нибудь по завещанию сэра Чарльза? — спросил Холмс.

— И ему и его жене было завещано по пятисот фунтов.

— Гм! А они знали об этом раньше?

— Да. Сэр Чарльз любил говорить о своих распоряжениях на случай смерти.

— Интересный факт.

— Я надеюсь, — сказал доктор Мортимер, — что вы не станете подозревать всех, кто получил по завещанию сэра Чарльза? Мне он тоже оставил тысячу фунтов.

— Вот как! А еще кому?

— В завещании было указано много мелких сумм разным лицам и крупные пожертвования на благотворительные цели. Наследство же все отошло сэру Генри.

— А в какой сумме оно выражается?

— Семьсот сорок тысяч фунтов.

Холмс удивленно поднял брови.

— Я и не подозревал, что речь идет о таком огромном капитале, — сказал он.

— Сэр Чарльз слыл богатым человеком, но истинные размеры его состояния выяснились только после того, как мы ознакомились с ценными бумагами. Общая сумма наследства подходит к миллиону.

— Боже мой! Действительно, ради такого огромного куша можно начать рискованную игру. Еще один вопрос, доктор Мортимер. Предположим, что с нашим юным другом что-нибудь случится… гипотеза не из приятных, но вы уж меня простите. Кто тогда наследует поместье?

— Поскольку младший брат сэра Чарльза, сэр Роджер, умер холостяком, Баскервиль-холл перейдет к отдаленным родственникам — к Десмондам. Джеймс Десмонд уже немолодой человек, он священник и живет в Вестморленде.

— Благодарю вас. Все эти подробности чрезвычайно любопытны. А вам приходилось встречаться с мистером Джеймсом Десмондом?

— Да, он как-то приезжал к сэру Чарльзу. Это человек очень почтенного вида и безупречного образа жизни. Я помню, что сэр Чарльз хотел обеспечить его, но он отказался от этого наотрез, несмотря на все уговоры.

— И такой скромный человек мог бы унаследовать все состояние сэра Чарльза?

— К нему перешло бы только поместье, так как оно считается родовым, а деньги он получил бы лишь в том случае, если бы теперешний их владелец не распорядился ими как-нибудь по-другому, что вполне возможно, ибо сэр Генри волен поступать с наследством по своему личному усмотрению.

— А вы уже составили завещание, сэр Генри?

— Нет, мистер Холмс, мне было не до этого: ведь я только вчера узнал, как обстоят дела. Тем не менее я считаю, что отторгать деньги от поместья и титула нельзя. Точно таких же взглядов придерживался и мой несчастный дядя. Разве хозяин Баскервиль-холла сможет восстановить былую славу своего рода, если у него не будет средств на это? Нет, где дом и земля, там должны быть и деньги.

— Совершенно правильно. Итак, сэр Генри, я тоже считаю, что вам надо без всяких отлагательств ехать в Девоншир, но с одной оговоркой: вас ни в коем случае нельзя отпускать туда одного.

— Доктор Мортимер возвращается вместе со мной.

— Но у доктора Мортимера много времени отнимает практика, да и жить он будет в нескольких милях от Баскервиль-холла. Нет, доктор при всем желании не сможет вам помочь. Вы должны взять с собой верного человека, сэр Генри, такого, который все время будет при вас.

— Мистер Холмс, неужели вы согласитесь поехать сами?

— Если дело дойдет до кризиса, я как-нибудь вырвусь к вам, но, вы сами понимаете, моя обширная практика и постоянные запросы, которые сыплются на меня со всех сторон, не позволяют мне уезжать из Лондона на неопределенное время. Сейчас, например, одно из самых уважаемых лиц в Англии находится во власти шантажиста, и отвратить грядущую катастрофу могу только я. Нет, мне никак нельзя уезжать в Дартмур.

— Кого же вы посоветуете вместо себя?

Холмс положил руку мне на плечо:

— Если за это возьмется мой друг, то вот вам человек, на которого можно положиться в трудную минуту, в чем я убедился на собственном опыте.

Это предложение свалилось на меня как снег на голову, но Баскервиль, не дожидаясь моего ответа, уже горячо тряс мне руку.

— Доктор Уотсон, как это любезно с вашей стороны! — воскликнул он. — Вы же видите, в каком я положении, а обстоятельства дела известны вам не хуже, чем мне. Если вы поедете в Баскервиль-холл и поживете там со мной, я этого никогда не забуду!

Приключения всегда таят в себе какую-то особую прелесть для меня, а слова Холмса и живость, с которой баронет откликнулся на его предложение, чрезвычайно мне польстили.

— Я с удовольствием поеду в Баскервиль-холл, — ответил я, — и не пожалею потраченного времени.

— Вы будете присылать мне подробные отчеты, — сказал Холмс. — В самый критический момент — а он неминуемо наступит — я буду руководить вашими действиями. Думаю, что отъезд можно назначить на субботу.

— Вас это устраивает, доктор Уотсон?

— Вполне.

— Значит, если отмены не будет, мы выезжаем в субботу поездом десять тридцать с Паддингтонского вокзала.

Мы встали, собираясь раскланяться, как вдруг Баскервиль вскрикнул и с торжествующим видом вытащил из-под стоявшего в углу шкафа светло-коричневый башмак.

— Вот она, моя пропажа!

— Пусть и остальные загадки разрешатся так же просто! — сказал Шерлок Холмс.

— Но все-таки это очень странно, — заметил доктор Мортимер. — Я еще перед завтраком обыскал всю комнату.

— И я тоже, — сказал Баскервиль. — Обшарил все уголки. Башмака нигде не было.

— Значит, коридорный положил его туда, пока мы завтракали.

Послали за немцем, но он ничего не мог сказать, и дальнейшие расспросы тоже ни к чему не привели. Таким образом, к серии этих быстро сменяющих одна другую и явно нелепых загадок прибавилась еще одна. Уж не говоря о трагической смерти сэра Чарльза, перед нами протянулась цепь необъяснимых событий, совершившихся всего лишь за два дня: письмо, составленное из газетных вырезок, бородатый незнакомец в кэбе, пропажа сначала нового коричневого башмака, потом старого черного и теперь появление коричневого.

По дороге на Бейкер-стрит Холмс сидел в кэбе молча и, судя по его нахмуренным бровям и напряженному взгляду, так же, как и я, пытался привести в единую систему все эти странные и, казалось бы, не связанные один с другим факты. Весь остальной день и вечер он провел у себя в кабинете, погруженный в густые клубы табачного дыма и в размышления.

Перед самым обедом нам подали две телеграммы. Первая гласила:

«Только что сообщил Бэрримор дома Баскервиль».

Вторая:

«Обошел двадцать три гостиницы сожалению изрезанной страницы „Таймса“ не нашел. Картрайт».

— Вот и оборвались сразу две нити, Уотсон. Нет ничего лучше таких дел, где все словно сговорились против тебя. Тогда-то и начинаешь входить в азарт. Ну что ж, пойдем по третьему следу.

— У вас еще есть в запасе кэбмен, который вез этого незнакомца.

— Совершенно верно. Я запросил его фамилию и адрес в Регистрационной конторе и не удивлюсь, если сейчас мы получим ответ на мой вопрос.

Задребезжавший звонок возвестил о том, что даже превзошло все ожидания Холмса, ибо в дверях кабинета появился рослый детина — по-видимому, не кто иной, как сам кэбмен.

— Мне сказали в конторе, что вот по этому адресу справлялись о номере две тысячи семьсот четыре, — начал он. — Я уже седьмой год езжу и никогда никаких жалоб не слыхал. Дай, думаю, сам зайду, пусть мне в глаза скажут, в чем таком я провинился.

— Вы ни в чем не провинились, любезнейший, — сказал Холмс. — Наоборот, я заплачу вам полсоверена, только ответьте мне прямо на мой вопрос.

— Вот не знаешь, где найдешь, где потеряешь! — ухмыльнулся кэбмен. — А что вам угодно, сэр?

— Прежде всего вашу фамилию и адрес на случай если вы мне опять понадобитесь.

— Джон Клейтон, проживаю в Бороу, Тарпи-стрит, номер три. Кэб стоит в Шипли-Ярд, около вокзала Ватерлоо.

Шерлок Холмс записал все это.

— А теперь, Клейтон, расскажите мне про вашего седока, который наблюдал за этим домом сегодня в десять часов утра, а потом выслеживал двух джентльменов на Риджент-стрит.

Кэбмен с удивлением воззрился на Холмса и, по-видимому, несколько оробел.

— Что ж вам рассказать, когда вы сами не хуже меня все знаете! — ответил он. — Мой седок сказал мне, что он сыщик, и не велел болтать об этом.

— Ну так вот, любезнейший, тут дело серьезное, и если вы станете скрывать что-нибудь от меня, то можете оказаться в очень неприятном положении. Значит, он назвался сыщиком?

— Да, сэр.

— А когда он заявил вам об этом?

— Когда расплачивался.

— А еще что-нибудь он говорил?

— Сказал свою фамилию.

— Холмс бросил на меня победоносный взгляд.

— Свою фамилию? Весьма неосторожно с его стороны! Так как же его зовут?

— Его зовут, — сказал кэбмен, — мистер Шерлок Холмс.

Ответ кэбмена буквально сразил моего друга. В жизни своей я не видел у него такого ошеломленного выражения лица. Минуты две он не мог вымолвить ни слова, потом громко расхохотался.

— Удар, Уотсон! Меткий удар! — сказал он. — Рапира в руках противника, который не уступает мне ни в быстроте, ни в точности. На сей раз он обвел меня вокруг пальца. Значит, его зовут Шерлок Холмс, а?

— Да, сэр, он сам так сказал.

— Блистательно! Теперь расскажите мне, где вы взяли этого седока и что было дальше.

— Он кликнул меня в половине десятого утра на Трафальгар-сквер. Говорит: «Я сыщик», и посулил мне две гинеи, если я буду в точности исполнять его приказания и ни о чем не стану расспрашивать. Ну что ж, от таких денег не отказываются. Я подвез его к отелю «Нортумберленд» и остановился там. Потом оттуда вышли двое джентльменов, кликнули кэб с биржи и поехали куда-то сюда, на вашу улицу.

— Вот к этому самому дому, — сказал Холмс.

— Может быть. Это уж моего седока надо спрашивать, ему лучше знать. Он велел мне остановиться примерно посередине квартала, и мы прождали там еще часа полтора. Потом те двое джентльменов прошли мимо нас, и мы двинулись за ними по Бейкер-стрит, свернули на...

— Это я знаю, — сказал Холмс.

— А как выехали на Риджент-стрит, он поднял верхнее окошечко и крикнул: «Гоните к вокзалу Ватерлоо!» Я стеганул свою кобылу, и через десять минут мы были на месте. Тут он дал мне две гинеи — не надул! — и пошел к вокзалу. А напоследок обернулся и говорит: «Вам, верно, любопытно знать, кого вы возили? Шерлока Холмса». Вот как это все было.

— Так, понимаю. И больше вы его не видели?

— Нет, больше не видел.

— А теперь опишите мне наружность этого мистера Шерлока Холмса. Кэбмен почесал в затылке:

— Не так-то это легко. Лет ему будет примерно под сорок, роста среднего, ниже вас дюйма на два, сэр. Одет чисто, борода черная, лопатой, а лицо бледное. Больше, пожалуй, ничего не смогу вам сказать.

— Цвет глаз какой?

— Вот не приметил...

— Больше ничего не запомнили?

— Ничего, сэр.

— Ну хорошо. Вот ваши полсоверена. А другую половину получите, если разузнаете об этом человеке что-нибудь еще. Всего хорошего.

— Доброго здоровья, сэр. Благодарю вас.

Джон Клейтон вышел посмеиваясь, а Холмс пожал плечами и с разочарованной улыбкой повернулся ко мне.

— Третья нить тоже не выдержала, — сказал он. — Теперь будьте добры начинать все с самого начала. Вот хитрая бестия! Узнал номер нашего дома, узнал, что сэр Генри Баскервиль поехал сюда за советом, углядел меня на Риджент-стрит, сообразил, что номер кэба взят на заметку и что кэбмена разыщут, и решил поиздеваться надо мной. Попомните мое слово, Уотсон, на сей раз мы имеем дело с достойным противником. Я потерпел поражение в Лондоне. Будем надеяться, что вы отыграетесь в Девоншире. И все-таки меня это очень беспокоит.

— Что?

— Да ваша поездка. Дело очень нехорошее, Уотсон. Нехорошее и опасное. И чем больше я о нем думаю, тем меньше и меньше Оно мне нравится. Смейтесь, друг мой, смейтесь, но я буду очень рад, если вы вернетесь на Бейкер-стрит здравым и невредимым.

Глава VI. Баскервиль-холл

Сэр Генри Баскервиль и доктор Мортимер закончили все свои дела к назначенному дню, мы отправились, как и было условлено, в Девоншир. Провожая меня на вокзал, Шерлок Холмс всю дорогу давал мне напутственные указания и советы.

— Я не стану говорить вам, кого я подозреваю и какие строю догадки, Уотсон, чтобы у вас не создалось предвзятого мнения, — сказал он. — Мне нужны факты, изложенные подробнейшим образом, а уж сопоставлять их я буду сам.

— Что же вас интересует? — спросил я.

— Все, что так или иначе касается этого дела, в особенности отношения между молодым Баскервилем и его соседями, а если узнаете что-нибудь новое о смерти сэра Чарльза, то отметьте и это. За последние дни я навел кое-какие справки, но, к сожалению, результатами похвалиться не могу. Мне удалось выяснить только одно: ближайший наследник, мистер Джеймс Десмонд, действительно прекрасный человек весьма почтенного возраста, так что это не его козни. Думаю, что мы смело можем не заниматься им в дальнейшем. Значит, остаются только те люди, которые составят непосредственное окружение сэра Генри Баскервиля.

— А не лучше ли сразу же отделаться от четы Бэрриморов?

— Ни в коем случае! Более грубую ошибку трудно совершить. Если они ни в чем не виноваты, это будет жестокой несправедливостью, а если виноваты, тогда их после не доищешься. Нет, нет! Пусть так и остаются на подозрении. Потом, если не ошибаюсь, там есть конюх, двое фермеров, наш друг доктор Мортимер, по-видимому, человек безупречной честности, и его жена, о которой нам ничего не известно. Не забудьте и натуралиста Стэплтона с сестрой — как говорят, весьма привлекательной молодой особой. Дальше идут мистер Френкленд из Лефтер-холла — тоже личность неизвестная, и двое-трое других соседей. Вот люди, которые должны находиться под вашим наблюдением.

— Постараюсь не осрамиться.

— Оружие вы взяли?

— Да, думаю, это будет не лишним.

— Безусловно. Держите револьвер при себе и днем и ночью и не ослабляйте бдительности ни на секунду.

Наши друзья уже успели запастись билетами первого класса и ждали нас на платформе.

— Нет, ничего нового, — сказал доктор Мортимер, отвечая на вопрос моего друга. — Могу только поклясться, что последние два дня слежки за нами не было. Мы все время об этом помнили, и от нашего внимания никто бы не ускользнул.

— Надеюсь, вы были неразлучны эти дни?

— Да, за исключением вчерашнего. У меня так уж заведено — по приезде в город посвящать один день целиком развлечениям, и вчера я был в музее Хирургического колледжа.

— А я пошел в парк посмотреть на гуляющих, — сказал Баскервиль. — И все обошлось благополучно.

— Тем не менее это было неблагоразумно с вашей стороны, — сказал Холмс нахмурившись и покачал головой. — Я вас прошу, сэр Генри, не выходите без провожатых, иначе вам не миновать беды. Вы нашли другой башмак?

— Нет, сэр, он исчез бесследно.

— Вот как? Любопытно! Ну, всего вам хорошего, — добавил он, когда поезд тронулся. — Сэр Генри! Помните наставление из странной легенды, которую нам читал доктор Мортимер, и остерегайтесь выходить на торфяные болота ночью, когда злые силы властвуют безраздельно.

Я выглянул из окна и увидел вдали высокую, худощавую фигуру Холмса, который неподвижно стоял на платформе и смотрел вслед удаляющемуся поезду.

Мы двигались быстро, и я чувствовал себя как нельзя лучше. Я присматривался к моим спутникам и забавлялся спаниелем доктора Мортимера. Через каких-нибудь два-три часа земля вдоль полотна сменила бурый оттенок на красный, кирпич уступил место граниту, а разгороженные пышные луга, на которых рыжие коровы пощипывали сочную траву, свидетельствовали о том, что климат в этих местах, при всей влажности воздуха, значительно лучше, чем на востоке.

Молодой Баскервиль не отходил от окна и радостно вскрикивал при виде родных девонширских пейзажей.

— Где только мне не пришлось побывать с тех пор, как я уехал отсюда, доктор Уотсон! — сказал он. — И все-таки эти места ни с чем не сравнишь.

— Покажите нам такого девонширца, который не восхищался бы своим Девонширом.

— Тут дело не только в самом Девоншире, но и в людях, которые его населяют, — сказал доктор Мортимер. — Одного взгляда на круглый череп нашего друга достаточно, чтобы обнаружить в нем представителя кельтской [1] расы, с ее восторженностью, с ее склонностью к сильным чувствам. У покойного сэра Чарльза было совершенно редкостное строение черепа — наполовину галльское, наполовину иберийское. Сэр Генри, а ведь вы, кажется, с детства не видели Баскервиль-холла?

— Я его никогда не видел, потому что мы жили в маленьком коттедже на южном побережье. Когда отец умер, мне шел тринадцатый год, и я сразу же уехал к нашим друзьям в Америку. Эти места для меня почти так же новы, как и для доктора Уотсона, и я просто не дождусь, когда наконец появятся торфяные болота.

— Вот как! В таком случае ваше желание исполнилось — можете любоваться ими, — сказал доктор Мортимер, показывая в окно.

---

[1] Кельты — древние племена, переселившиеся на Британские острова из Европы в 4 в. до н. э.

Вдали за зелеными квадратами пастбищ и волнистой кромкой леса, словно фантастическое видение, возникшее во сне, показался унылый серый холм с зазубренной вершиной. Баскервиль смотрел туда не отрываясь, и эти жадные взгляды говорили о том, как много значит для него первое знакомство с суровым краем, где люди, близкие ему по крови, владычествовали так долго и оставили после себя такой глубокий след. Этот молодой человек в спортивном костюме и с явным американским акцентом сидел рядом со мной в прозаическом железнодорожном вагоне, и все же, глядя на его смуглое выразительное лицо, я чувствовал в нем истого потомка тех неукротимых и властных людей. Густые брови, тонкие ноздри и большие карие глаза свидетельствовали о гордости, отваге и силе. Если неприветливые торфяные болота поставят нас лицом к лицу с трудной и опасной задачей, то ради такого человека можно пойти на многое, ибо он смело разделит с тобой любой риск.

Поезд остановился у маленькой, захолустной станции, и мы вышли из вагона. За низким белым забором стояла коляска, запряженная парой невысоких, коренастых лошадок. Наш приезд, очевидно, был здесь большим событием, так как и сам начальник станции и носильщики — все окружили нас, предлагая свою помощь. Это было милое деревенское местечко, но, к своему удивлению, я увидел у выхода с платформы двух солдат в темных мундирах, которые стояли, опираясь на карабины, и пристально смотрели на нас. Кучер, нескладный малый с угловатыми чертами лица, снял шапку, приветствуя сэра Генри Баскервиля, и через несколько минут мы уже быстро катили по широкой белой дороге. По обе ее стороны поднимались зеленые склоны пастбищ, домики с остроконечными крышами выглядывали из густой листвы, но впереди, за пределами этого мирного, залитого солнцем края, темнея на горизонте вечернего неба, вырисовывалась сумрачная линия торфяных болот, прерываемая острыми вершинами зловещих холмов.

Наша коляска свернула на боковую дорогу, и мы начали подниматься вверх по глубоким колеям, проложенным столетия назад между высокими насыпями, на которых росли мясистые хвощи и влажный мох. Отливающий бронзой папоротник и листья ежевики поблескивали в лучах заходящего солнца. Продолжая подъем, мы проехали по узкому каменному мосту через бурную речку, которая быстро неслась между серыми валунами, обдавая их пеной. И дорога и речка вились по долине, густо заросшей дубняком и соснами.

На каждом повороте Баскервиль восторженно вскрикивал, с любопытством оглядываясь по сторонам, и закидывал нас бесчисленными вопросами. На его взгляд, все здесь было прекрасно, но я не мог отделаться от грусти, которую навевали на меня эти пастбища и взгорья, явно носившие следы осени. Желтые листья слетали на землю и, порхая, ковром устилали тропинки. Стук колес нашего экипажа постепенно замер, потонул в густом слое гниющей травы. «Печальные дары бросает природа под ноги новому владельцу Баскервиль-холла!» — подумал я.

— Смотрите! — вдруг крикнул доктор Мортимер. — Что это?

Перед нами поднималось крутое взгорье, поросшее вереском, — первый предвестник близости торфяных болот. На вершине этого взгорья, словно конная статуя на пьедестале, четко вырисовывался верховой с винтовкой наготове. Он наблюдал за дорогой, по которой мы ехали.

— Перкинс, что это значит? — спросил доктор Мортимер.

Наш возница повернулся на козлах:

— Из принстаунской тюрьмы убежал арестант, сэр. Вот уже третий день, как его разыскивают. Выставили сторожевых на всех дорогах, на всех станциях, да пока все без толку. Здешний народ очень этим недоволен, сэр.

— Почему? Ведь тому, кто наведет на след, полагается пять фунтов.

— Так-то оно так, сэр, да только на пять фунтов надежды мало, а вот что он горло тебе перережет, это вернее. Такой человек ни перед чем не остановится, это не какой-нибудь мелкий воришка.

— Кто же он?

— Селден, который совершил убийство в Ноттинг-хилле.

Я хорошо помнил дело Селдена, потому что в свое время Шерлок Холмс занимался им, заинтересовавшись жестокостью, с которой было совершено убийство, и печатью бесцельного зверства, отмечавшей все действия этого изверга. Преступление было настолько чудовищно, что у судей зародилось сомнение в здравости рассудка Селдена, и поэтому смертную казнь ему заменили тюрьмой.

Коляска поднялась на взгорье, и перед нами раскинулись огромные просторы торфяных болот с видневшимися на них кое-где долменами[1] из обломков скал и каменными столбами. Холодный ветер, налетевший оттуда, пронизал нас до костей. Где-то там, на унылой глади этих болот, дьявол в образе человеческом, точно дикий зверь, отлеживался в норе, лелея в сердце ненависть к людям, которые изгнали его из своего общества. Лишь этого не хватало, чтобы усугубить то мрачное, что таилось в голой пустыне, расстилавшейся перед нами, в порывистом ветре и темнеющем небе. Даже Баскервиль умолк и плотнее запахнул на себе пальто.

Плодородные места остались позади и ниже нас. Мы оглянулись — лучи заходящего солнца превращали бегущие ручейки в золотые ленты, горели на поднятой плугом земле и густой чаще кустарника. Дорога, пересекающая красновато-оливковые перевалы с огромными валунами, становилась все запущеннее и суровее. Время от времени перед нами вырастали обнесенные каменными оградами коттеджи, скупые очертания которых не были скрашены даже плющом. А потом глазам нашим предстала похожая на глубокую чашу долина с чахлыми дубами и соснами, искореженными и погнутыми ветром, бушующим здесь спокон веков. Над деревьями поднимались две высокие, узкие башни. Наш возница показал на них кнутом.

— Баскервиль-холл, — сказал он.

Хозяин поместья встал в коляске во весь рост — щеки у него раскраснелись, в глазах вспыхнул огонь. Через несколько минут мы

---

[1] Долмены — гробницы каменного века.

подъехали к узорным чугунным воротам с двумя обомшелыми колоннами, которые увенчивались кабаньими головами — гербом Баскервилей. Каменный домик привратника был ветхий, с обнажившимися стропилами, но перед ним стояло новое, еще не законченное строение — первый плод, принесенный южноафриканским золотом сэра Чарльза.

За воротами шли два ряда высоких старых деревьев; их ветви смыкались сумрачным сводом у нес над головой. Стук колес снова потонул в шорохе листьев. Баскервиль содрогнулся, глядя в длинный темный прогал аллеи, в конце которого виднелись призрачные очертания дома.

— Это случилось здесь? — тихо спросил он.

— Нет, нет, в тисовой аллее, она с другой стороны.

Молодой наследник бросил вокруг себя хмурый взгляд.

— Меня нисколько не удивляет, что, живя здесь, дядя все время ждал какой-то беды, — сказал он. — Тут кого угодно возьмет страх. Подождите, не пройдет и полугода, как я проведу сюда электричество, и вы не узнаете этих мест! У входа будут гореть фонари Эдисона и Свана[1] по тысяче свечей каждый.

За аллеей открывался широкий газон, и, обогнув его, мы подъехали к дому. В сумерках я мог разглядеть лишь массивный фасад и террасу. Все было сплошь увито плющом, оставлявшим открытыми только оконные амбразуры да овалы гербов. Две старинные зубчатые башни с бойницами поднимались над этой частью здания. Справа и слева к ним примыкали два крыла из черного гранита, позднейшей пристройки. Сквозь окна со множеством

---

[1] Эдисон Томас (1847-1931) — знаменитый американский изобретатель. Главным образом известен усовершенствованием электрической лампочки накаливания и изобретением фонографа. Сван — один из изобретателей электрической лампочки.

переплетов на газон лился неяркий свет, над крутой остроконечной крышей с высокими трубами вставал столб темного дыма.

— Добро пожаловать, сэр Генри! Добро пожаловать в Баскервиль-холл!

Высокий человек выступил из тени, падавшей от террасы, и открыл дверцу коляски. В освещенных дверях холла показался силуэт женщины. Она тоже подошла к нам и помогла мужчине снять наши чемоданы.

— Сэр Генри, вы не будете возражать, если я поеду прямо домой? — сказал доктор Мортимер. — Меня ждет жена.

— Останьтесь, пообедайте с нами!

— Нет, право, не могу. Дел, вероятно, тоже много накопилось. Я бы с удовольствием сам показал вам дом, но Бэрримор сделает это лучше меня — он прекрасный гид. Всего хорошего! И помните: когда бы я вам ни понадобился, днем или ночью, не стесняйтесь посылать за мной.

Стук колес постепенно замер в глубине аллеи; тяжелая дверь захлопнулась за нами.

Холл, в котором мы очутились, был очень красив — просторный, высокий, с массивными стропилами из потемневшего от времени дуба. В старинном камине с чугунной решеткой для дров потрескивали и шипели поленья. Продрогнув после долгой езды, мы с сэром Генри протянули руки к огню. Потом стали разглядывать дубовую обшивку холла, высокое, узкое окно с цветными стеклами, оленьи головы и гербы на стенах, смутно видневшиеся в неярком свете люстры.

— Я именно так и представлял себе все это, — сказал сэр Генри. — Настоящее родовое гнездо, правда? Подумать только — ведь мои предки жили в этом самом доме в течение пяти веков! Как вспомнишь об этом, так невольно настраиваешься на торжественный лад.

Его смуглое лицо горело ребяческим восторгом. Он стоял в круге света, падавшего от люстры, а длинные тени ложились по стенам и черным пологом сгущались над ним.

Бэрримор разнес наши чемоданы по комнатам и, вернувшись, почтительно склонился перед нами, как и подобало хорошо вышколенному слуге. Наружность у него была незаурядная — высокий, представительный, с окладистой черной бородой, оттенявшей бледное благообразное лицо.

— Прикажете подавать обед, сэр?

— А готово?

— Через несколько минут, сэр. Горячая вода у вас в комнатах. Мы с женой будем счастливы, сэр Генри, остаться здесь на первых порах, но ведь при новых порядках вам потребуется большой штат.

— При каких новых порядках?

— Я хочу сказать, что сэр Чарльз вел уединенный образ жизни и мы вдвоем вполне могли обслужить его, а вы, сэр, вероятно, будете жить более широко, и вам придется налаживать все по-новому.

— Значит, вы с женой хотите получить расчет?

— Если только это не причинит вам каких-либо неудобств, сэр.

— Но ведь ваши предки в течение нескольких поколений жили в Баскервиль-холле. Мне бы очень не хотелось с первых же своих шагов здесь порывать старые семейные связи.

Я подметил следы волнения на бледном лице дворецкого.

— Нам с женой это тоже не легко, сэр. Но, сказать вам правду, мы были очень привязаны к сэру Чарльзу и до сих пор никак не оправимся после его смерти. Нам тяжело здесь оставаться. Мы уже не можем чувствовать себя в Баскервиль-холле, как прежде.

— Что же вы собираетесь предпринять?

— Я надеюсь, сэр, что нам удастся наладить какое-нибудь дело. Ведь сэр Чарльз не оставил нас своей щедростью… А теперь разрешите показать вам ваши комнаты.

Верх старинного холла был обведен галереей с перилами, на которую вела двухпролетная лестница. Оттуда вдоль всего здания тянулись два длинных коридора, куда выходили все спальни. Моя была в одном крыле со спальней Баскервиля, почти дверь в дверь.

Эти комнаты оказались более современными, чем центральная часть дома, а светлые обои и множество зажженных свечей сразу же смягчили тяжелое впечатление, которое создалось у меня по приезде в Баскервиль-холл.

Однако столовая в нижнем этаже поразила нас своим сумрачным видом. Это была длинная комната с помостом для хозяйского стола, отделенным одной ступенькой от той ее части, где полагалось сидеть лицам низшего звания. В дальнем конце были хоры для менестрелей. Высоко у нас над головой чернели огромные балки, за которыми виднелся закопченный потолок. Очень может быть, что пылающие факелы, красочность и буйное веселье стародавних пиров смягчали мрачность этой комнаты, но сейчас, когда в ней под единственной лампой с абажуром сидели два джентльмена, одетые во все черное, их голоса звучали приглушенно, и настроение у них было несколько пониженное. Длинная вереница предков в самых разнообразных костюмах — начиная с вельможи эпохи королевы Елизаветы и кончая щеголем времен Регентства — взирали на нас со стен, удручая своим молчанием. Разговор за столом как-то не клеился, и я почувствовал облегчение, когда, закончив обед, мы перешли курить в бильярдную — комнату вполне современную.

— Что и говорить, обстановка не из веселых, — сказал сэр Генри. — Ко всему этому, конечно, можно притерпеться, но сейчас я чувствую себя не в своей тарелке. Неудивительно, что мой дядюшка нервничал, живя один в таком доме. Ну что ж, давайте, пожалуй, разойдемся. Может быть, утром нам покажется здесь не так уж уныло.

Прежде чем лечь спать, я открыл штору и посмотрел в окно. Оно выходило на газон перед парадной дверью. За газоном, раскачиваясь на ветру, стонали высокие деревья. В просвете между быстро бегущими облаками проглянул месяц. В его холодном сиянии за деревьями виднелась неровная гряда скал и длинная линия мрачных болот. Я задернул штору, убедившись, что последнее мое впечатление от Баскервиль-холла ничуть не противоречит первому.

Но оно оказалось не последним. Несмотря на усталость, я все-таки не мог заснуть и, ворочаясь с боку на бок, тщетно призывал к себе сон. Где-то далеко часы отбивали каждые пятнадцать минут, и больше ничего не нарушало мертвой тишины, царившей в доме. И вдруг в глухую полночь моего слуха коснулся совершенно явственный звук, в природе которого сомневаться не приходилось. Это были рыдания, приглушенные, судорожные всхлипывания женщины, чье сердце разрывалось от горя. Я приподнялся на кровати и стал напряженно вслушиваться. Плач раздавался где-то близко, в самом доме. Я прождал с полчаса, насторожившись всем своим существом, но не услышал больше ничего, кроме боя часов и шороха плюща, увивающего стены.

Глава VII. Стэплтоны из Меррипит-Хаус

Свежая прелесть утра стерла из нашей памяти гнетущее впечатление, которое осталось у нас обоих после первого знакомства с Баскервиль-холлом. Когда мы с сэром Генри сели завтракать, яркий солнечный свет уже лился в узкие окна с цветными гербами на стеклах, разбрасывая по полу пестрые блики. Темная дубовая обшивка отливала бронзой в золотых лучах, и теперь нам трудно было представить, что всего лишь накануне вечером эта комната навевала на нас такое уныние.

— Дом тут ни при чем, мы, вероятно, сами во всем виноваты, — сказал баронет. — Устали с дороги, прозябли, вот нам и представилось все в мрачном свете. А за ночь мы отдохнули, чувствуем себя прекрасно, и вокруг тоже повеселело.

— Однако нельзя приписывать все только нашему настроению, — ответил я. — Скажите мне, например, неужели вы не слышали среди ночи чей-то плач, по-моему, женский?

— А вы знаете, мне тоже почудилось что-то подобное сквозь дремоту. Я долго прислушивался и потом решил, что это было во сне.

— Нет, я совершенно ясно все слышал и уверен, что плакала женщина.

— Надо сейчас же поговорить с Бэрримором.

Он вызвал дворецкого звонком и обратился к нему за разъяснениями. Мне показалось, что бледное лицо Бэрримора побледнело еще больше, когда он услышал вопрос хозяина.

— В доме всего две женщины, сэр Генри, — ответил Бэрримор. — Одна из них судомойка, которая спит в другом крыле, вторая — моя жена, но я уверяю вас, что она не плакала.

И все же он сказал нам неправду, потому что после завтрака мне пришлось столкнуться с миссис Бэрримор в коридоре, на ярком свету. Я увидел высокую, очень спокойно державшуюся женщину с крупными чертами лица и со строго сжатыми губами. Но глаза — красные, с припухшими веками, — выдали ее. Значит, она-то и плакала ночью, а если так, муж не мог не знать об этом. И все же он шел даже на то, что его могут уличить во лжи. Зачем? И почему она так горько рыдала?

Чем-то таинственным и мрачным веяло от этого бледного благообразного человека с черной бородой. Он первый обнаружил тело сэра Чарльза, и обстоятельства смерти старика Баскервиля были известны нам только с его слов. Неужели же мы видели Бэрримора в кэбе на Риджент-стрит? Во всяком случае, борода была точно такая. Кэбмен говорил о человеке среднего роста, но это впечатление могло быть ошибочным. Как же мне установить истину? Прежде всего надо, конечно, повидать начальника почтовой конторы в Гримпене и узнать у него, была ли наша телеграмма передана Бэрримору в собственные руки. И в том и в другом случае у меня, по крайней мере, будет что сообщить Шерлоку Холмсу.

Сэр Генри занялся после завтрака просмотром деловых бумаг, и я вполне мог располагать своим временем. Пройдя четыре мили по хорошей дороге вдоль болот, я вышел к маленькой, невзрачной деревушке, в которой мне прежде всего бросились в глаза два более солидных, чем остальные, строения — гостиница и дом доктора Мортимера. Начальник почтовой конторы, оказавшийся также и здешним лавочником, запомнил нашу телеграмму.

— Конечно, сэр, — сказал он, — я доставил ее мистеру Бэрримору, как и было указано.

— А кто ее относил?

— Мой сынишка. Джеймс, ведь ты доставил телеграмму в Баскервиль-холл, мистеру Бэрримору?

— Да, папа.

— И вручил ему самому? — спросил я.

— Нет, мистер Бэрримор был где-то на чердаке, и я отдал телеграмму его жене, а она обещала тотчас же передать ему.

— А самого мистера Бэрримора ты видел?

— Нет, сэр, я же говорю, что он был на чердаке.

— Откуда же ты знаешь, где он был, если сам его не видел?

— Ну, жена-то должна была знать, где он, — раздраженно сказал почтмейстер. — Ведь телеграмма доставлена? А если произошла какая-то ошибка, пусть мистер Бэрримор сам пожалуется.

Продолжать расспросы было бессмысленно, но мне стало ясно, что хитрая уловка Холмса ни к чему не привела и мы так и не узнаем, уезжал Бэрримор в Лондон или нет. Допустим, что уезжал. Допустим, что он — последний, кто видел сэра Чарльза в живых, — первый выследил его наследника, как только тот приехал в Англию. Что из этого следует? Действует ли Бэрримор по чьему-то наущению, или у него есть свои собственные коварные планы? Какой ему смысл преследовать Баскервилей? Я вспомнил странное предостережение, составленное из газетных вырезок. Неужели это дело рук Бэрримора? А может быть, оно послано кем-то другим, кто старается помешать ему? Единственное правдоподобное объяснение дал всему этому сэр Генри, сказав, что если Баскервилей удастся отпугнуть от родового поместья, то чета Бэрриморов обеспечит себе безмятежное существование до конца дней своих. Но разве это в какой-то мере оправдывает ту глубокую и тонкую интригу, которая невидимой сетью оплетает молодого баронета? Холмс сам признал, что среди всех его сенсационных расследований это дело наиболее запутанное и сложное.

Возвращаясь безлюдной, сумрачной дорогой, я молил бога, чтобы мой друг освободился как можно скорее и, приехав сюда, снял с меня тяжелую ответственность.

Мои размышления были внезапно прерваны звуком быстрых шагов позади. Чей-то голос окликнул меня по имени. Я оглянулся, ожидая увидеть доктора Мортимера, но, к моему удивлению, за мной спешил какой-то невысокий, худощавый блондин лет тридцати пяти — сорока, с чисто выбритой, несколько постной физиономией и узким длинным подбородком. На нем был серый костюм и соломенная шляпа. Через плечо у него висела жестяная ботаническая коробка, а в руках он держал зеленый сачок для ловли бабочек.

— Простите мне мою смелость, доктор Уотсон, — еще не отдышавшись как следует, заговорил незнакомец. — Мы здесь народ нецеремонный и не дожидаемся официальных представлений. Вы, может быть, слышали обо мне от нашего общего друга, Мортимера. Я Стэплтон из Меррипит-хаус.

— Вас нетрудно узнать по коробке и сачку, — сказал я, так как мне было известно, что мистер Стэплтон натуралист. — Но как вы-то догадались, кто я такой?

— Я сидел у Мортимера, и он показал мне вас из окна своей приемной, когда вы проходили мимо. Нам с вами по дороге, и я решил догнать вас и представиться вам самолично. Надеюсь, сэр Генри не очень утомился после долгого путешествия?

— Нет, он хорошо себя чувствует, благодарю вас.

— Мы все боялись, что после печальной кончины сэра Чарльза новый баронет не захочет жить здесь. Трудно требовать от состоятельного человека, чтобы он заживо похоронил себя в такой глуши, но ведь вы сами понимаете, как много будет значить его присутствие для всей нашей округи. Я полагаю, эта история не внушила сэру Генри суеверного страха?

— Нет, не думаю.

— Вы, конечно, знаете легенду про чудовищную собаку, которая будто бы преследует род Баскервилей.

— Да, знаю.

— До чего же здешние фермеры суеверный народ! Просто поразительно! Ведь они чуть ли не все готовы поклясться, что видели на болотах это чудовище. — Стэплтон говорил с улыбкой, но я прочел в его глазах, что он относится к своим словам гораздо серьезнее. — Легенда совершенно овладела воображением сэра Чарльза, и она-то и привела его к трагическому концу.

— Каким образом?

— Когда у человека так натянуты нервы, появление любой собаки может гибельно сказаться на его больном сердце. Мне думается, что в тот вечер сэр Чарльз действительно увидел нечто подобное в тисовой аллее. Я очень любил старика и, зная о его болезни, так и ждал какого-нибудь несчастья.

— Откуда вы знали, что у него больное сердце?

— От моего друга, Мортимера.

— Следовательно, вы думаете, что на сэра Чарльза бросилась какая-то собака и он умер от страха?

— Может быть, вы располагаете более достоверными сведениями?

— Нет, я еще не успел прийти к определенным выводам.

— А мистер Шерлок Холмс?

На секунду у меня занялось дыхание от этих слов, но спокойное лицо и твердый взгляд моего собеседника говорили о том, что он и не думал застигнуть меня врасплох своим вопросом.

— Доктор Уотсон, зачем нам прикидываться, будто мы не знаем вас? — сказал он. — Слухи о знаменитом сыщике проникли и в наши края, а разве вы можете прославлять его, сами оставаясь в тени? Мортимер не стал отрицать, что вы и есть тот самый доктор Уотсон. А если вы появились здесь, значит, мистер Шерлок Холмс заинтересовался этим делом, и мне, разумеется, любопытно знать его точку зрения.

— Увы, я не могу ответить на ваш вопрос.

— Тогда разрешите спросить: не удостоит ли он нас своим посещением?

— Сейчас он не может уехать из Лондона. У него есть другие дела.

— Какая жалость! Он мог бы пролить свет на то, что скрывается во тьме для всех нас. Но вы тоже ведете расследование, доктор Уотсон, и если я в состоянии хоть чем-нибудь содействовать вам, располагайте мной как угодно. Мне было бы достаточно одного намека, кого вы подозреваете, как намерены приступить к делу, и, может статься, я уже сейчас помог бы вам советом или указанием.

— Уверяю вас, я просто приехал погостить у своего друга, сэра Генри, и никакой помощи мне не нужно.

— Великолепно! — воскликнул Стэплтон. — Вы поступаете совершенно правильно: осторожность прежде всего! Я вполне заслужил такую отповедь за свою навязчивость и обещаю вам больше не касаться этого вопроса.

Мы подошли к тому месту, где справа от дороги начиналась заросшая тропинка, узкой лентой вьющаяся среди болот. Левее стоял крутой, усеянный валунами холм, на котором в древние времена велись разработки гранита. Обращенная к нам сторона этого холма представляла собой отвесный откос, густо заросший папоротником и ежевикой. Вдали, на горизонте, поднимались серые клубы дыма.

— По этой тропинке отсюда не так уж далеко до Меррипит-хаус, — сказал Стэплтон. — Пожертвуйте часом времени, и я буду иметь удовольствие представить вас своей сестре.

В первую минуту я подумал, что мне следует быть возле сэра Генри, но потом вспомнил счета и бумаги, грудой лежавшие у него на столе. Уж тут я ничем не мог ему помочь. А Холмс просил меня познакомиться с людьми, живущими по соседству с Баскервиль-холлом. Я принял приглашение Стэплтона, и мы свернули вправо.

— Замечательные здесь места! — сказал он, глядя на волнистую линию зеленых холмов, над которыми морскими валами поднимались фантастические очертания гранитной гряды. — Эти болота никогда вам не примелькаются. А сколько тайн они хранят — бескрайние, пустынные, загадочные!

— Вы хорошо их знаете?

— Я ведь здесь всего второй год. Местные старожилы, пожалуй, назовут меня новичком. Мы перебрались сюда вскоре после приезда сэра Чарльза, но я, по своему призванию, уже успел обследовать здесь каждый уголок. Смею думать, что теперь мало кто знает торфяные болота лучше меня.

— А разве это такое нелегкое дело?

— Весьма нелегкое. Вот, например, присмотритесь к той равнине с поднимающимися кое-где причудливыми холмами. Чем она, по-вашему, замечательна?

— По ней хорошо скакать галопом.

— Всякий так сказал бы на вашем месте, а между тем эта ошибка уже многим стоила жизни. Видите, сколько на ней ярко-зеленых лужаек?

— Да, это, вероятно, те места, где почва лучше?

Стэплтон рассмеялся.

— Перед вами огромная Гримпенская трясина, — сказал он. — Попади в эту трясину человек или животное — один неосторожный шаг, и все кончено. Я только вчера видел, как туда забрел чей-то пони и, разумеется, погиб. Его голова долго виднелась над трясиной. Он все вытягивал шею, старался выбраться, но в конце концов засосало бедняжку. Там даже в засуху опасно ходить, а после осенних дождей это совсем гиблое место. И тем не менее я не раз пробирался в самое сердце Гримпенской трясины и возвращался оттуда живым. Смотрите, еще один несчастный пони!

В зеленой осоке перекатывалось и билось что-то темное. Потом над зарослями мелькнула мучительно вытянутая шея, и болота огласились страшным криком. Я похолодел от ужаса, но у моего спутника были, по-видимому, более крепкие нервы.

— Кончено! — сказал он. — Засосало. Второй за два дня, только у меня на глазах. А сколько их еще погибло! Они как повадятся туда в засуху, так и ходят до самой осени. И часто гибнут. Да, Гримпенская трясина — страшное место.

— И вы все-таки пробираетесь туда?

— Да, там есть две-три тропинки, по которым ловкий человек может пройти. Я отыскал их.

— Но зачем вам ходить в такое опасное место?

— А вон видите те холмы вдалеке? Это настоящие островки среди непролазной топи, которая мало-помалу окружила их со всех сторон.

Сумейте на них пробраться, и какие там редкостные растения, какие бабочки!

— Что ж, когда-нибудь попробую.

Стэплтон с удивлением посмотрел на меня.

— Ради бога, выкиньте эту мысль из головы! — сказал он. — Ваша гибель будет на моей совести. Назад вам не вернуться, поверьте мне. Я сам только потому и осмеливаюсь туда ходить, что у меня есть сложная система примет.

— Стойте! — крикнул я. — Что это?

Негромкий, протяжный и невыразимо тоскливый вой пронесся над болотами. Воздух наполнился им, но откуда он шел, определить было невозможно. Начавшись с невнятного стона, этот звук постепенно перешел в глухой рев и опять сник до щемящего сердце стенания. Стэплтон как-то странно посмотрел на меня.

— Таинственные места эти болота, — сказал он.

— Что это такое?

— Фермеры говорят, что так воет собака Баскервилей, когда ищет свою жертву. Мне и раньше приходилось ее слышать, но сегодня что-то уж очень громко.

Похолодев от страха, я оглядел широкую, поднимающуюся к горизонту равнину, покрытую зелеными зарослями осоки. Ни шороха, ни малейших признаков жизни на ней — только два ворона громко каркали, сидя на каменном столбе позади нас.

— Вы же образованный человек, вас такой чепухой не проведешь, — сказал я. — Как вы объясняете этот вой?

— Трясина иной раз издает очень странные звуки. То ли это ил оседает, то ли вода поднимается на поверхность, то ли еще что, кто знает?

— Нет, нет! Это был голос живого существа.

— Может быть. Вам никогда не приходилось слышать, как кричит выпь?

— Нет, не приходилось.

— В Англии эта птица попадается теперь очень редко, в сущности она почти вымерла, но на таких болотах все возможно. Я бы нисколько не удивился, если б оказалось, что до нас донесся голос одной из последних представительниц этого вида.

— В жизни не слышал более странных и жутких звуков!

— Что и говорить, места таинственные. Посмотрите на тот холм. Что это такое, по-вашему?

Крутой склон был покрыт как бы кольцами из серого камня. Я насчитал их около двадцати.

— Что это? Овчарни?

— Нет, это жилища наших почтенных пращуров. Доисторический человек густо заселял торфяные болота, и так как после него здесь никто не жил, то весь этот домашний уют остался в целости и неприкосновенности. Только крыши сняты. При желании можно пойти туда и увидеть очаг и ложе.

— Да это целый городок! Когда же он был обитаем?

— Неолитический человек[1] — точный период не установлен.

— А чем этот человек занимался?

— Пас стада здесь же, на склонах, а когда каменный топор начал уступать первенство бронзовой палице, научился добывать олово. Видите вон тот ров на противоположном холме? Это следы его работы. Да, доктор Уотсон, вы найдете много любопытных особенностей на наших болотах. А, простите, пожалуйста! Это, наверно, Cyclopides!

Мимо нас пролетел маленький мотылек, и Стэплтон с поразительной быстротой и ловкостью кинулся за ним в погоню. Я с ужасом увидел, что мотылек понесся прямо к трясине, но мой новый знакомый как ни в чем не бывало прыгал с кочки на кочку и

---

[1] Неолитический человек — человек позднейшей эпохи каменного века, культура которого характеризуется шлифованными каменными изделиями.

размахивал своим зеленым сачком. Серый костюм и порывистые движения придавали ему самому сходство с какой-то огромной бабочкой. Я стоял, глядя на него со смешанным чувством восхищения и страха, — мне все казалось, что он вот-вот оступится и уйдет в предательскую трясину. Вдруг позади меня послышались чьи-то шаги. Я оглянулся и увидел почти рядом с собой женщину. Она появилась с той стороны, где виднелся дым, указывающий на близость Меррипит-хаус, но раньше я не мог ее заметить, ибо тропинка, по которой она шла, уходила под уклон.

Я не сомневался, что это и есть мисс Стэплтон, так как вряд ли в здешних местах приходилось рассчитывать на встречу с другими дамами. Кроме того, мне говорили о ней как о красавице, а идущая по тропинке женщина действительно поражала своей красотой — красотой не совсем обычного типа. Большее несходство между сестрой и братом трудно было себе представить. Он бесцветный блондин с серыми глазами, она брюнетка — таких жгучих брюнеток мне еще не приходилось встречать в Англии, — изящная, стройная, высокая. Ее тонкие, горделивые черты были настолько правильны, что лицо могло бы показаться безжизненным, если б не выразительный рот и быстрый взгляд прекрасных темных глаз. Идеальная фигура, нарядное платье — как странно было видеть такое существо на безлюдной тропинке, вьющейся среди торфяных болот! Когда я оглянулся, взгляд этой женщины был устремлен на Стэплтона, но она тут же ускорила шаги и подошла ко мне. Я снял шляпу, уже приготовившись объяснить свое присутствие здесь, как вдруг ее слова направили мои мысли по совершенно иному пути.

— Уезжайте отсюда! — сказала она. — Немедленно уезжайте в Лондон!

В ответ на это я мог только с ошеломленным видом воззриться на нее. Она сверкнула глазами и нетерпеливо топнула ногой.

— Зачем же мне уезжать? — спросил я.

— Не требуйте объяснений. — Она говорила тихо, быстро и чуть-чуть картавила. — Ради бога, послушайтесь моего совета! Уезжайте, и чтоб ноги вашей больше не было на этих болотах!

— Но ведь я только что приехал!

— Боже мой, — воскликнула она, — неужели вы не понимаете, что я желаю вам добра? Уезжайте в Лондон! Сегодня же! Вам нельзя здесь оставаться. Тсс! Мой брат идет! Не говорите ему ни слова... Будьте так любезны, сорвите мне вон ту орхидею. У нас здесь очень много орхидей, но вы немного опоздали: к осени они уже начинают отцветать, и здешняя природа несколько теряет свою красоту.

Стэплтон оставил погоню за мотыльком и подошел к нам, весь красный и запыхавшийся.

— А, это ты, Бэрил! — сказал он, и я не почувствовал в этом приветствии особой сердечности.

— Как ты разгорячился, Джек!

— Да, я погнался за великолепным экземпляром Cyclopides. Их здесь не часто увидишь поздней осенью. И подумай, какая жалость — не поймал!

Он говорил спокойно-небрежным тоном, а сам все время переводил свои маленькие серые глазки с сестры на меня.

— Вы, кажется, успели познакомиться?

— Да. Я говорила сэру Генри, что сейчас уже поздно любоваться красотами наших болот — орхидеи отцветают.

— Что? Как ты думаешь, кто перед тобой?

— Сэр Генри Баскервиль.

— Нет, нет, — сказал я, — не награждайте меня чужим титулом. Я всего лишь друг сэра Генри, доктор Уотсон.

Краска досады разлилась по ее выразительному лицу.

— Значит, мы говорили, не понимая друг друга, — сказала она.

— Да, у вас было не так уж много времени на разговоры, — заметил Стэплтон, продолжая пытливо глядеть на сестру.

— Я приняла доктора Уотсона за нашего соседа, — сказала она. — А ему, должно быть, совершенно безразлично, цветут сейчас орхидеи или нет. Но вы все-таки зайдете к нам в Меррипит-хаус?

Через несколько минут мы подошли к мрачной на вид ферме, которая, вероятно, в давние времена служила жильем какому-нибудь зажиточному скотоводу, а потом была перестроена на более современный лад. Ферму окружал садик; деревья в нем, как и повсюду на болотах, были низкорослые, чахлые. Убожеством и грустью веяло от этого места. Слуга, открывший нам дверь, был под стать дому — старый, весь сморщенный, в порыжевшем сюртуке. Но самые комнаты удивили меня своими размерами и элегантностью убранства; последнее следовало, вероятно, приписать вкусу хозяйки. Я посмотрел в окно на бескрайние, усеянные гранитными валунами болота, которые тянулись до еле видной вдали линии горизонта, и не мог не подумать: «Что же привело в такую глушь этого образованного человека и его красавицу сестру?»

— Странное мы выбрали место, где поселиться? — сказал Стэплтон, будто отвечая на мои мысли. — И все-таки нам здесь хорошо. Правда, Бэрил?

— Да, очень хорошо, — ответила она, но ее слова прозвучали как-то неубедительно.

— У меня была школа в одном из северных графств, — сказал Стэплтон. — Для человека с моим темпераментом такая работа суховата, неинтересна, но что меня привлекало в ней, так это тесная близость с молодежью. Какое счастье передавать им что-то от себя самого, от своих идей, видеть, как у тебя на глазах формируются юные умы! Но судьба обернулась против нас. В школе вспыхнула эпидемия, трое мальчиков умерли. Нам так и не удалось поправить дела после такого удара, большая часть моего капитала была безвозвратно потеряна. И все же, если б не разлука с моими дорогими мальчиками, я радовался бы этой неудаче, ибо для человека с моей страстью к ботанике и зоологии здесь непочатый край работы, да и сестра моя — не меньшая любительница природы. Это признание, доктор Уотсон, вы навлекли на свою голову сами: вольно же вам было устремлять из окна такой грустный взгляд на наши болота!

— Да, не отрицаю, мне действительно кажется, что жить здесь скучно не столько вам, сколько вашей сестре.

— Нет, я не скучаю, — быстро ответила она.

— Мы заняты научной работой, у нас большая библиотека и очень интересные соседи. Доктор Мортимер — весьма начитанный человек в своей области. Несчастный сэр Чарльз тоже был прекрасным собеседником. Мы с ним были очень близки, и я даже не могу вам передать, как нам тяжела эта утрата. А что вы скажете, если я нанесу сегодня визит сэру Генри? Это ему не помешает?

— Я уверен, что он будет очень рад познакомиться с вами.

— Тогда будьте добры предупредить его. Может быть, нам удастся помочь ему первое время, пока он еще не освоился на новом месте… А теперь, доктор Уотсон, давайте поднимемся наверх, я покажу вам свою коллекцию чешуекрылых. Смею думать, что более полной коллекции вы не найдете в этой части Англии. А когда мы кончим, к тому времени и завтрак будет готов.

Но я спешил к своему подопечному, сэру Генри. Унылость болот, гибель несчастного пони, загадочный вой, который ставился в какую-то связь с мрачной легендой, существовавшей в роду Баскервилей, — все это настроило меня на грустный лад. А к этим более или менее смутным впечатлениям прибавились еще и совершенно недвусмысленные слова мисс Стэплтон, которые были сказаны с такой силой убеждения, что мне не приходилось сомневаться в серьезности и глубине причин, их вызвавших. Я отказался от настойчивых приглашений к завтраку и отправился домой по той же самой тропинке.

Но, кроме этой тропинки, здесь был, очевидно, и другой, более короткий путь, ибо не успел я выйти на дорогу, как увидел перед собой мисс Стэплтон. Румянец, горевший у нее на щеках, придавал ей еще большую прелесть; она сидела на придорожном камне, тяжело дыша и прижимая руку к груди.

— Мне хотелось опередить вас, доктор Уотсон, и я всю дорогу бежала, — проговорила она. — Даже шляпу не успела надеть. Я не стану задерживаться, а то брат может заметить мое отсутствие. Мне только хочется попросить у вас извинения за свою глупую ошибку: ведь я приняла вас за сэра Генри. Прошу вас, забудьте все, что я говорила. К вам это не имеет никакого отношения.

— Как же я могу это забыть, мисс Стэплтон! Судьба моего друга, сэра Генри, меня очень интересует. Скажите мне, почему вы так настаивали на его отъезде в Лондон?

— Женский каприз, доктор Уотсон! Когда мы с вами познакомимся поближе, вы убедитесь, что я не всегда могу объяснить свои слова и поступки.

— Нет, нет! Я помню, какой у вас был взволнованный голос, я помню ваши глаза. Мисс Стэплтон, будьте откровенны со мной, прошу вас! Я, как только очутился здесь, сразу почувствовал, что вокруг меня собираются какие-то призраки. Ходишь словно по Гримпенской трясине: вот-вот увязнешь с головой на одной из этих зеленых лужаек, и никто не поможет тебе выбраться оттуда. Объясните, на что вы намекали, и я передам ваше предостережение сэру Генри.

Тень нерешительности пробежала по лицу мисс Стэплтон, но не прошло и секунды, как взгляд ее стал снова суровым, и она ответила мне:

— Вы придаете слишком большое значение моим словам, доктор Уотсон. Смерть сэра Чарльза потрясла нас с братом. Мы часто встречались с покойным, потому что его излюбленная прогулка была вот по этой тропинке, что ведет к нашему дому. Легенда о проклятии, тяготеющем над родом Баскервилей, угнетала сэра Чарльза, и когда катастрофа разразилась, я поняла, что его опасения были обоснованны. Теперь меня очень беспокоит приезд наследника сэра Чарльза, и я считаю нужным предупредить его об опасности, которая ему угрожает. Вот и все, ничего другого я не хотела сказать.

— Но в чем же, по-вашему, эта опасность?

— Вы знаете предание о собаке?

— Я не верю этому вздору!

— А я верю. Если вы имеете хоть какое-нибудь влияние на сэра Генри, увезите его отсюда. Это роковое место для Баскервилей. Мир велик. Почему сэру Генри надо жить именно здесь, где ему грозит опасность?

— Вот потому-то он и решил здесь жить. Таков характер этого человека, и, если вы не выскажетесь более определенно, вряд ли мне удастся увезти его отсюда.

— Я не могу дать вам более определенных сведений по той простой причине, что у меня их нет.

— Тогда, мисс Стэплтон, разрешите задать вам еще один вопрос. Если это все, что вам нужно было сказать мне, почему же вы боялись, как бы вас не услышал брат? По-моему, тут нет ничего такого, что могло бы не понравиться ему или кому-нибудь другому.

— Мой брат очень не хочет, чтобы Баскервиль-холл пустовал: это повредит бедному люду, который живет здесь на болотах. Он бы страшно рассердился на меня, если бы знал, что я стараюсь как-то повлиять на сэра Генри. Но я исполнила свой долг и больше ничего не скажу. А теперь мне надо идти, не то он хватится меня и заподозрит, что я говорила с вами. Прощайте!

Она повернулась и вскоре исчезла среди валунов, а я, полный каких-то неясных страхов, направил свои шаги к Баскервиль-холлу.

Глава VIII. Первый отчет доктора Уотсона

Начиная с этого дня я буду излагать ход событий по своим письмам к мистеру Шерлоку Холмсу, которые лежат сейчас передо мной на столе. Они сохранились полностью, если не считать одного затерявшегося листка, и передадут все мои мысли и подозрения более точно, чем я мог бы сделать это сам, полагаясь только на свою память, хотя из нее еще не изгладились трагические события тех дней.

Баскервиль-холл, 13 октября

Дорогой Холмс!

По моим предыдущим письмам и телеграммам вы знаете все, что произошло за последнее время в этом самом глухом уголке мира. Чем дольше живешь здесь, тем больше и больше начинает въедаться тебе в душу унылость этих болот, этих необъятных просторов, впрочем, не лишенных даже какой-то мрачной прелести. Стоит мне только выйти на них, и я чувствую, что современная Англия остается где-то позади, а вместо нее видишь вокруг лишь следы жилья и трудов доисторического человека. Это давно исчезнувшее племя напоминает о себе повсюду — вот его пещеры, вот могилы, вот огромные каменные глыбы, оставшиеся там, где, по-видимому, были его капища.[1] Глядя на иссеченные примитивным орудием склоны холмов, на которых темнеют эти пещеры, забываешь, в каком веке живешь, и если бы вдруг под низким сводом одной из них появилось одетое в звериную шкуру волосатое существо и вложило бы в лук стрелу с кремневым наконечником, вы почувствовали бы, что его присутствие здесь более уместно, чем ваше. Страннее всего то, что эти люди так густо заселяли здешние неплодородные места. Я не археолог, но, по-

---

[1] Капище — место, где совершались языческие молебствия.

мосму, это было отнюдь не воинственное, а скорее угнетенное племя, которое довольствовалось тем, от чего отказывались другие.

Однако все это не имеет никакого касательства к моему пребыванию здесь и, вероятно, нисколько не интересно такому сугубо практическому человеку, как вы. Я до сих пор не в силах забыть ваше равнодушие к вопросу о том, движется ли солнце вокруг земли или земля вокруг солнца. Так давайте же перейдем к фактам, имеющим непосредственное отношение к Генри Баскервилю.

Последние несколько дней вы не получали от меня никаких сведений по той простой причине, что рассказывать мне было не о чем. Но с тех пор произошло одно странное событие, о котором я доложу вам в свое время, а сейчас разберемся в других обстоятельствах, немаловажных для нашего дела.

Одно из этих обстоятельств — весьма существенное, хотя я почти не упоминал о нем в своих письмах, — каторжник, скрывающийся на болотах. Есть все основания предполагать, что он ушел из здешних мест, к великой радости обитателей одиноких ферм. Со времени его побега прошло две недели, и с тех пор о нем нет ни слуху ни духу. Трудно себе представить, чтобы человек мог просуществовать на болотах все это время. Правда, спрятаться там есть где. Любая из каменных пещер могла бы служить ему пристанищем. Но ведь без еды не проживешь. Разве только он ловит и убивает овец. Нет, каторжник безусловно ушел из этих мест, а посему жители отдаленных ферм спят теперь спокойно.

Мы, четверо здоровых, сильных мужчин, живущих в Баскервиль-холле, в случае чего сможем постоять за себя, но признаюсь вам: думая о Стэплтонах, я беспокоюсь. Близких соседей у них нет, так что им трудно рассчитывать на чью-либо помощь. Горничная, старик лакей, сестра и брат — последний, по-видимому, отнюдь не силач, — вот и все обитатели Меррипит-хаус. Они окажутся совершенно беспомощными в руках этого ноттингхиллского убийцы, если он заберется к ним в дом. Мы с сэром Генри очень тревожились за них и хотели даже, чтобы конюх Перкинс ночевал в Меррипит-хаус, но Стэплтон не пожелал и слышать об этом.

Дело в том, что наш друг баронет начинает проявлять сильный интерес к своей прекрасной соседке. Да это и неудивительно, ибо он человек живой, деятельный, ему скучно в такой глуши, а она, надо признаться, обворожительная и красивая женщина. В ней есть какая-то экзотическая пылкость, в противоположность ее хладнокровному и совершенно бесстрастному брату. И в то же время в нем чувствуется скрытый огонь. Судя по всему, он имеет на сестру большое влияние; мне не раз приходилось ловить взгляды, которые она бросает на него во время разговора, словно ожидая одобрения своим словам. Хочу надеяться, что они ладят между собой. Такой сухой блеск в глазах и такие тонкие, поджатые губы часто говорят о твердом, а может быть, и суровом характере. Во всяком случае, этот натуралист любопытный тип и вы непременно заинтересовались бы им.

Он пришел с визитом к сэру Генри в тот же день, а на следующее утро повел нас туда, где произошло событие, связанное с легендой о беспутном Гуго. Мы прошли несколько миль в глубь болот и очутились в небольшой долине, настолько мрачной, что она сама по себе могла способствовать зарождению подобной легенды. Узкий проход между искрошившимися каменными столбами вывел нас на открытую лужайку, поросшую болотной травой. Посередине ее лежат два огромных камня, суживающиеся кверху и напоминающие гигантские гнилые клыки какого-то чудовища. Все здесь в точности соответствует описанию той сцены, на которой разыгралась эта давняя трагедия. Сэр Генри с интересом осматривался по сторонам и все спрашивал Стэплтона, неужели тот верит в возможность вмешательства сверхъестественных сил в людские дела. Тон у него был небрежный, но он, по-видимому, относится ко всему этому очень серьезно. Стэплтон отвечал сдержанно, многого недоговаривая и явно щадя чувства молодого баронета. Он рассказал нам несколько подобных случаев, когда семьи из рода в род испытывали на себе влияние каких-то недобрых сил, и после всех этих рассказов у нас создалось впечатление, что Стэплтон вместе со многими другими здешними жителями верит в легенду о собаке Баскервилей.

На обратном пути мы зашли в Меррипит-хаус позавтракать. Тогда-то сэр Генри и познакомился с мисс Стэплтон. Он увлекся ею с первой же встречи, и вряд ли я ошибусь, если скажу, что это чувство взаимное. Когда мы возвращались домой, он то и дело заговаривал о ней, и с тех пор почти не проходит дня, чтобы мы не повидались со Стэплтонами. Сегодня они у нас обедают, а сэр Генри уже поговаривает о визите к ним на будущей неделе.

Казалось бы, лучшего мужа для сестры Стэплтону и желать нечего, и все же я не раз замечал, что он хмурится, когда сэр Генри оказывает ей внимание. Стэплтон, по-видимому, очень привязан к сестре, и ему будет тоскливо одному, но ведь это же верх эгоизма — препятствовать такой блестящей партии! Тем не менее факт остается фактом — Стэплтон явно не желает, чтобы эта дружба перешла в любовь, и, по моим наблюдениям, он всячески старается не оставлять их наедине. Кстати, если все дело осложнится еще и романом, то ваше наставление не спускать глаз с сэра Генри окажется почти невыполнимым. Если же я буду строго следовать данному мне указанию, подумайте, как это пошатнет мою репутацию здесь!

На днях, точнее, в четверг, у нас завтракал доктор Мортимер. Он производил раскопки кургана в Длинной низине и нашел там череп доисторического человека, что повергло его в неописуемый восторг. Второго такого энтузиаста своего дела, пожалуй, и не сыщешь. После завтрака явились Стэплтоны, и, по просьбе сэра Генри, добрейший доктор повел нас всех в тисовую аллею показать, как все было в ту роковую ночь. Аллея эта длинная, сумрачная, с обеих сторон идут сплошной стеной подстриженные тисы и узенькие полоски дерна.

В дальнем ее конце стоит полуразрушенная беседка. Как раз посередине приходится калитка, ведущая на болота, около которой старик Баскервиль стряхивал пепел с сигары. Она деревянная, покрашена белой краской и заперта на задвижку. За ней расстилаются необъятные болота. Я вспомнил вашу теорию по поводу происшедшего здесь события и попытался представить, как все это было. Стоя у калитки, Баскервиль увидел нечто, приближающееся к нему с болот, и так испугался этого видения, что потерял голову, бросился бежать и бежал до тех пор, пока не упал мертвым от изнеможения и ужаса. Он бежал длинной, темной аллеей. Но кто обратил его в бегство? Какая-нибудь овчарка с болот? Или призрачная собака — огромная, черная, безмолвная? А может быть, это дело человеческих рук? Может быть, бледный, настороженный Бэрримор знает больше, чем говорит? Туман и полная неопределенность — и все же за всем этим неотступной тенью стоит преступление.

С тех пор как я вам писал в последний раз, мне удалось познакомиться еще с одним из наших соседей — мистером Френклендом из Лефтер-холла, который живет милях в четырех к югу от нас. Это старик, седой, краснолицый и весьма желчный. Мистер Френкленд помешан на британском законодательстве и ухлопал целое состояние на всевозможные тяжбы. Он судится исключительно ради собственного удовольствия, выступая то в качестве истца, то в качестве ответчика, а такие развлечения, как вы сами понимаете, обходятся недешево. Ему вдруг взбредет в голову запретить проезд около своих владений — пусть приходский совет доказывает, что это неправильно. Потом разломает собственными руками чью-нибудь калитку и заявит, что здесь спокон веков была проезжая дорога — пусть хозяин подает на него в суд за нарушение границ чужого землевладения. Он знает назубок древнее общинное право и применяет свои знания иной раз в интересах соседней деревушки Фернворси, иной раз наперекор ей, так что жители ее попеременно то проносят его с торжеством по улицам, то предают символическому сожжению. Говорят, будто сейчас на руках у мистера Френкленда семь тяжб, которые, по всей вероятности, съедят остатки его состояния, и он, лишенный таким образом жала, будет совершенно безобидным, мирным старичком. Во всех прочих отношениях это человек мягкий, добродушный, и я упоминаю о нем только потому, что вы требовали от меня описания всех наших соседей.

Сейчас мистер Френкленд нашел себе очень странное занятие. Будучи астрономом-любителем и обладая великолепной подзорной трубой, он по целым дням лежит на крыше своего дома и обозревает болота в надежде на то, что ему удастся обнаружить беглого каторжника. Если б мистер Френкленд употреблял свою нерастраченную энергию только на это, все было бы прекрасно, но ходят слухи, будто он собирается привлечь к ответственности доктора Мортимера за то, что тот разрыл какую-то могилу, не заручившись согласием ближайших родственников погребенного. Как вы догадываетесь, речь идет о черепе неолитического человека, обнаруженном при раскопке кургана в Длинной низине. Да, мистер Френкленд вносит некоторое разнообразие в нашу жизнь, а сейчас это нам как нельзя более кстати.

Теперь, сообщив вам все, что было можно, о беглом каторжнике, Стэплтонах, докторе Мортимере и мистере Френкленде из Лефтер-холла, я перейду к самому важному пункту и расскажу о Бэрриморах, в частности о тех странных событиях, которые произошли сегодня ночью.

Начну с телеграммы, посланной вами из Лондона с тем, чтобы удостовериться, был ли Бэрримор в тот день на месте. Вы уже знаете о моей беседе с почтмейстером, из которой выяснилось, что наша проверка ничего не дала и мы так и не получили нужных нам сведений. Я рассказал сэру Генри о своей неудаче, и он со свойственной ему непосредственностью немедленно вызвал Бэрримора и спросил его про телеграмму. Берримор сказал, что телеграмма была получена.

— Мальчик передал ее вам в собственные руки? — опросил сэр Генри.

Бэрримор удивленно посмотрел на него и минуту подумал.

— Нет, — сказал он. — Я тогда был на чердаке, и телеграмму принесла мне жена.

— А ответ вы написали сами?

— Нет, я сказал жене, как ответить, она спустилась вниз и написала.

Вечером Бэрримор снова вернулся к этой теме по своему собственному почину.

— Сэр Генри, я не совсем понял, почему вы расспрашивали меня о той телеграмме, — сказал он. — Неужели я в чем-нибудь провинился и потерял ваше доверие?

Сэр Генри постарался уверить Бэрримора, что это не так, и, чтобы окончательно успокоить его, подарил ему довольно много из своих старых вещей, ибо покупки, сделанные им в Лондоне, уже доставлены в Баскервиль-холл.

Меня очень интересует миссис Бэрримор. Это весьма солидная, почтенная женщина с пуританскими наклонностями и, по-видимому, не блещущая умом. Казалось бы, трудно вообразить себе существо более невозмутимое. Но вы уже знаете, что в первую ночь здесь я слышал ее горькие рыдания, и с тех пор мне не раз приходилось замечать следы слез у нее на лице. Эту женщину гложет какое-то тяжелое горе. Иной раз мне приходит в голову: может быть, это муки нечистой совести? А потом я начинаю подозревать в Бэрриморе домашнего тирана. Мне всегда казалось, что это личность сомнительная, странная, а события прошлой ночи окончательно усилили мои подозрения.

Впрочем, само по себе это происшествие не так уж значительно. Вы, вероятно, помните, что я сплю не очень крепко, а здесь, в Баскервиль-холле, когда все время приходится быть настороже, сон у меня особенно чуткий. Вчера ночью, около двух часов, я услышал крадущиеся шаги около своей комнаты. Я встал, открыл дверь и выглянул в коридор. По нему скользила чья-то длинная черная тень. Она падала от человека, который еле слышно ступал по коридору со свечкой в руке. Он был в нижней рубашке, в брюках, босиком. Я различил только его смутные очертания, но по росту догадался, что это Бэрримор. Он шел медленно, тихо, и в каждом его движении было что-то вороватое, настороженное.

Вы уже знаете из моих писем, что оба коридора пересекаются галереей, которая окружает холл. Я подождал, пока Бэрримор скроется у меня из глаз, и двинулся следом за ним. Когда я вышел на галерею, он был уже в самом конце дальнего коридора, потом в открытых дверях одной комнаты блеснул свет — значит, он вошел туда. Надо вам сказать, что эти комнаты нежилые и в них нет даже мебели, следовательно, поведение Бэрримора становилось совсем загадочным. Он стоял там, по-видимому, неподвижно, так как пламя свечи не колебалось. Стараясь шагать как можно тише, я прошел весь коридор и заглянул из-за косяка в открытую дверь.

Бэрримор стоял, притаившись, у окна, поднеся свечку к самому стеклу. Я видел его в профиль — застывшее в напряжении лицо, взгляд, устремленный в непроглядную тьму болот. Несколько минут он пристально смотрел в окно, потом тихо застонал и нетерпеливым движением загасил свечу. Я сейчас же вернулся к себе в комнату и вскоре услышал за дверью те же крадущиеся шаги. Спустя долгое время, сквозь легкий сон, до меня донеслось, как где-то повернули ключ в замке, но откуда шел этот звук, определить было трудно.

Что все сие значит, я не понимаю, но в этом мрачном доме творятся какие-то тайные дела, до сути которых мы рано или поздно доберемся. Не хочу утруждать вас изложением собственных теорий на этот счет, ибо вы просили меня сообщать вам только факты. Сегодня утром я долго говорил с сэром Генри, и мы разработали план кампании, основываясь на моих ночных наблюдениях. Но я умолчу о нем до следующего письма, которое только выиграет от этого.

Глава IX. Второй отчет доктора Уотсона

Дорогой Холмс!

Если первое время после приезда сюда ваш посланник не баловал вас новостями, то признайтесь, что теперь он наверстывает упущенное, ибо события быстро следуют одно за другим. Свой последний отчет я закончил драматическим описанием Бэрримора у окна пустой комнаты, а с тех пор у меня накопился целый ворох новостей, которые, без сомнения, сильно удивят вас. Я никак не мог предугадать, что дела примут такой оборот. За последние двое суток обстановка, с одной стороны, значительно прояснилась, с другой — стала еще сложнее. Но расскажу вам все по порядку, так, чтобы вы могли судить об этом сами.

На следующее утро после моего ночного приключения я еще перед завтраком обследовал ту комнату, куда заходил Бэрримор. Окно, в которое он так пристально смотрел, имеет одно преимущество по сравнению со всеми другими окнами дома: из него открывается самый лучший вид на болота. В просвете между двумя деревьями они лежат как на ладони, а из других окон их почти не видно. Следовательно, Бэрримор избрал это окно, чтобы высмотреть кого-то или что-то на просторах торфяных болот. Впрочем, ночь была темная, и я не знаю, на что он рассчитывал. Потом мне пришло в голову: может быть, это какая-нибудь любовная интрижка? Тогда все станет понятным — и осторожность, с какой он действовал, и страдания его жены. У человека с его внешностью есть все данные, чтобы пленить сердце какой-нибудь деревенской девушки, так что это предположение небезосновательно. Вернувшись тогда к себе в комнату, я слышал, как где-то открыли дверь. Вероятно, Бэрримор ходил на тайное свидание. Такие мысли занимали меня все следующее утро. В дальнейшем мои подозрения могут оказаться несостоятельными, и все же, невзирая на это, я считаю необходимым сообщить их вам.

Я чувствовал, что возьму на себя слишком большую ответственность, если умолчу о событиях этой ночи, дожидаясь, пока мотивы действий Бэрримора не станут ясными. После завтрака мы с баронетом ушли в его кабинет, и там я рассказал ему все. Сверх моих ожиданий, он отнесся к этому довольно спокойно.

— Я знаю, что Бэрримор разгуливает по ночам, я давно собираюсь поговорить с ним, — сказал он. — Я несколько раз слышал его шаги в коридоре примерно в те же часы, что и вы.

— Может быть, он каждую ночь ходит к тому окну?

— Может быть. А если так, надо его выследить и посмотреть, чем он там занимается. Интересно, как бы поступил в таком случае ваш друг Холмс?

— Уверен, что он сделал бы то же самое, — сказал я. — Прокрался бы за Бэрримором и узнал, что ему там понадобилось.

— Тогда давайте сделаем это вместе.

— Но он услышит нас!

— Нет. Бэрримор туговат на ухо, и, во всяком случае, надо рискнуть. Давайте ждать его у меня в комнате.

Сэр Генри с удовольствием потер руки, видимо, радуясь малейшей возможности внести какое-то разнообразие в монотонное течение жизни, которую ему приходится вести здесь.

Баронет уже успел снестись с архитектором, подготовлявшим для сэра Чарльза планы перестройки, и пригласил подрядчика из Лондона, так что в скором времени здесь надо ждать больших перемен. Из Плимута приехали декораторы и меблировщики. Судя по всему, наш друг размахнулся очень широко и не пожалеет ни трудов, ни денег, чтобы восстановить былое величие своего рода. Когда дом будет заново отделан и обставлен, для полного завершения картины баронету потребуется только жена. Между нами говоря, есть все основания предполагать, что за этим дело не станет, ибо он так увлечен своей очаровательной соседкой, мисс Стэплтон, что дальше идти некуда. Однако роман протекает не так гладко, как следовало бы ожидать при данных обстоятельствах. Сегодня, например, на его поверхности появилась маленькая рябь, очень удивившая и расстроившая нашего друга.

После разговора о Бэрриморе сэр Генри надел шляпу и собрался идти куда-то. Я, разумеется, сделал то же самое.

— Вы со мной, Уотсон? — спросил он, как-то странно посмотрев на меня.

— Это зависит от того, куда вы идете. Если на болота, то да, — ответил я.

— На болота.

— Вы же знаете, какие мне даны распоряжения. Я не хочу мешать вам, но Холмс не велел оставлять вас одного, особенно на болотах. Вы сами это слышали.

Сэр Генри с милой улыбкой похлопал меня по плечу.

— Дорогой друг, — сказал он, — несмотря на всю свою дальновидность, Холмс не мог предугадать во всех подробностях, как сложится моя жизнь здесь. Вы меня понимаете? Уж кому другому, а вам-то наверняка не захочется мешать мне. Нет, пустите меня одного.

Посудите сами, каково было мое положение. Я растерялся, не зная, что сказать, как поступить, а тем временем сэр Генри взял свою палку и ушел.

Но стоило мне только немного поразмыслить, и меня начала мучить совесть — зачем я позволил ему уйти из-под моего наблюдения! А что, если, вернувшись в Лондон, я должен буду признаться вам, что мое попустительство довело нас до беды? Меня бросило в жар при одной мысли об этом. Еще не поздно, его можно догнать. И я сразу же отправился к Меррипит-хаус.

Я быстро шагал по дороге, не видя сэра Генри, и через несколько минут подошел к тому месту, где начинается тропинка, уводящая в глубь болот. Тут меня взяло сомнение в правильности выбранного пути, и я поднялся на холм, с которого открывается широкий вид на болота, — тот самый холм, где была когда-то каменоломня. Оттуда я сразу увидел баронета. Он шагал по тропинке примерно на расстоянии четверти мили от меня, а рядом с ним шла женщина — не кто иная, как мисс Стэплтон. Было ясно, что эти двое давно обо всем договорились и что сегодняшняя встреча не случайна. Погруженные в разговор, они шли очень медленно, и, судя по жестикуляции мисс Стэплтон, она старалась в чем-то убелить сэра Генри, который внимательно слушал ее и время от времени отрицательно качал головой. Я стоял среди валунов, не зная, как мне быть. Догнать их и нарушить эту интимную беседу немыслимо. Но в чем состоит мой долг? В том, чтобы ни на секунду не спускать глаз с сэра Генри. Выслеживать друга — крайне неприятное занятие. И все же я не видел иного выхода и решил продолжать свое наблюдение с вершины холма, а потом для очистки совести признаться баронету во всем. Правда, если б он вдруг оказался в опасности, я бы не смог ему помочь, так как был слишком далеко, но согласитесь сами — выбирать не приходилось.

Пройдя несколько шагов, наш сэр Генри и девушка остановились, увлеченные своим разговором, и тут мне вдруг стало ясно, что я не единственный свидетель их встречи. Среди валунов мелькнуло что-то зеленое. Приглядевшись, я увидел, что это зеленый лоскут на палке, а палку несет человек, идущий по направлению к тропинке. Это оказался Стэплтон со своим сачком для ловли бабочек. Он был гораздо ближе к нашей парочке, чем я, и шел прямо на нее. В эту минуту сэр Генри обнял мисс Стэплтон, но она отвернулась, стараясь вырваться из его объятий. Он нагнулся к ней, она заслонилась от него ладонью… А потом они отскочили друг от друга и оглянулись назад. Виной этому был Стэплтон, который бежал к ним со всех ног, нелепо размахивая сачком. Он отчаянно жестикулировал и, поравнявшись с влюбленными, в страшном волнении заметался перед ними. Я не мог понять, что все это значит, но, по-видимому, Стэплтон в чем-то обвинял сэра Генри, а тот оправдывался и мало-помалу начинал выходить из себя. Девушка стояла рядом, храня высокомерное молчание. Наконец Стэплтон круто повернулся, повелительно махнул сестре рукой, и та, бросив нерешительный взгляд на сэра Генри, пошла следом за братом. Порывистые жесты натуралиста свидетельствовали о том, что его гнев пал и на девушку. Баронет проводил их взглядом, потом повесил голову и медленно зашагал в обратный путь.

Я так ничего и не понял из этой разыгравшейся у меня на глазах сцены и чувствовал глубокий стыд, что был свидетелем ее без ведома моего друга. Мне не оставалось ничего другого, как сбежать с холма и встретить баронета внизу. Лицо у него было красное от гнева, брови нахмурены — человек явно не знал, что делать, как поступить.

— Хелло, Уотсон! Откуда вас принесло? Неужели вы все-таки пошли следом за мной?

Пришлось объяснить ему все: как я почувствовал, что не могу отпустить его одного, как пошел следом за ним и оказался свидетелем их встречи и всех последующих событий. Сэр Генри сверкнул на меня глазами, но моя откровенность обезоружила его, и он рассмеялся, правда невесело:

— Уж, кажется, в такой пустыне можно было рассчитывать на уединение, так нет! Все словно сговорились и вышли полюбоваться, как я ухаживаю за девушкой! А ухаживание получилось довольно неудачное. Где вы забронировали себе место?

— Вон на том холме.

— Значит, на галерке. А ее братец устроился в первых рядах. Вы видели, как он на нас налетел?

— Да, видел.

— Вам никогда не приходило в голову, что этот субъект не в своем уме?

— Нет, не приходило.

— Мне тоже. До сегодняшнего дня я считал Стэплтона самым нормальным человеком, а теперь мне кажется, что на него надо надеть смирительную рубашку, а может, на меня. Неужели я так уж плох? Вы живете со мной не первую неделю, Уотсон. Будьте откровенны. Что мне мешает стать хорошим мужем женщины, которую я люблю?

— По-моему, ничто не мешает.

— К моему положению в обществе он не может придраться, значит, дело во мне самом. Что он имеет против меня? Я в жизни не причинил никому зла. А этот субъект даже близко меня к ней не хочет подпускать.

— Он так и сказал?

— Да, и добавил кое-что сверх этого. Знаете, Уотсон, я ведь познакомился с ней всего несколько недель назад, но мне с первой же встречи стало ясно, что эта женщина создана для меня. И она... она тоже... ей было хорошо со мной, я готов поклясться в этом! Женские глаза говорят лучше слов. Но он противился нашему сближению, и я только сегодня улучил возможность поговорить с ней наедине. Она с радостью согласилась на это свидание, но, как вы думаете, зачем? Чтобы говорить о нашей любви? Нет, будь ее воля, она и меня заставила бы замолчать. У нее одно на языке: здесь опасно, и она не успокоится до тех пор, пока я не уеду из Баскервиль-холла... Я сказал, что после встречи с ней никуда отсюда не уеду, а если это так уж необходимо, пусть уезжает вместе со мной. Одним словом, я сделал ей предложение, но она даже не успела ответить мне, потому что в эту минуту ее милейший братец налетел на нас как сумасшедший. Он был весь белый от ярости, а его бесцветные глазки буквально метали искры. Что я себе позволил! Как я смею приставать к женщине со своими ухаживаниями, которые ничего не вызывают у нее, кроме отвращения! Я, вероятно, воображаю, что баронету все дозволено? Не будь он ее братом, я бы знал, как ему ответить! Пришлось сказать только, что ничего позорного в моих чувствах нет и что я надеюсь иметь честь назвать когда-нибудь мисс Стэплтон своей женой. Но это ничему не помогло, и под конец я тоже вышел из себя и погорячился, а горячиться не следовало, принимая во внимание, что она стояла тут же. После этого он удалился вместе с ней, как вы сами видели, а я остался один в полном недоумении. Теперь, Уотсон, объясните мне, что все это значит, и я ввек не забуду вам такого одолжения!

Я прикинул мысленно и так и эдак, но, по правде сказать, вся эта история повергла меня в не меньшее недоумение. Титул нашего друга, его богатство, молодость, характер, наружность — все говорит в его пользу, и я не знаю за ним ничего дурного, кроме, пожалуй, темного рока, тяготеющего над его семьей.

Да, странно, что предложение сэра Генри было отвергнутое такой резкостью и даже без всякой ссылки на желание самой девушки. Странно и то, что она отнеслась ко всему происходящему столь безучастно. Впрочем, наши сомнения разрешил в тот же день сам Стэплтон. Он явился с извинениями за грубость, долго беседовал с сэром Генри в его кабинете, и ссоры как не бывало, — мы получили на будущую пятницу приглашение к обеду в Меррипит-хаус.

— Я все же не перестал сомневаться в нормальности этого человека, — сказал сэр Генри, — у меня до сих пор стоит перед глазами его лицо, когда он накинулся на нас сегодня утром, но надо отдать ему справедливость, извинения были исчерпывающи, к ним не придерешься.

— А как он объяснил свою вспышку?

— Сестра для него все. Это понятно, и я очень рад, что он знает ей цену. Они всю жизнь прожили вместе, и, если верить ему, других близких людей у него нет, так что возможность разлуки с ней приводит его в ужас. Он будто бы не догадывался о моих чувствах, а убедившись в них собственными глазами, понял, что сестру могут отнять у него, и при одной этой мысли потерял над собой всякую власть. Он очень сожалеет о случившемся и признает, что эгоистично и глупо с его стороны думать, будто бы можно удержать около себя такую красивую женщину, как мисс Стэплтон. Если разлука с ней неизбежна, то пусть уж разлучником буду я, их сосед. Так или иначе, это для него большой удар, и вряд ли ему удастся скоро примириться с ним. Но он не будет нам препятствовать, если я пообещаю молчать о своей любви в течение ближайших трех месяцев и довольствоваться только дружбой его сестры. Я пообещал, и на том дело и кончилось.

Как видите, одна из наших маленьких тайн разъяснилась. А нащупать ногами дно в этой трясине, где мы барахтаемся, дело нешуточное. Теперь нам известно, почему Стэплтон так неодобрительно относился к поклоннику своей сестры — к такому завидному поклоннику, как сэр Генри.

А теперь я потяну за другую ниточку, которую мне удалось высвободить из этого спутанного клубка. Перейдем к таинственным ночным рыданиям, к заплаканному лицу миссис Бэрримор и загадочным путешествиям дворецкого к окну, выходящему на болота. Поздравьте меня, дорогой Холмс, и скажите, что вы не разочаровались в своем помощнике. Доверие, которое вы мне оказали, послав меня сюда, вполне оправдано. Чтобы выяснить эту очередную загадку, понадобилась одна ночь.

Я говорю «одна ночь», но вернее будет сказать «две ночи», ибо в первую мы ничего не дознались. Мы с сэром Генри сидели в его комнате чуть ли не до трех часов утра, но так ничего и не услышали, кроме боя часов на лестнице. Это томительное бдение закончилось тем, что и сэр Генри и ваш покорный слуга оба заснули, сидя в креслах. Впрочем, эта неудача нас не обескуражила, решено было попробовать еще раз. На следующую ночь мы прикрутили фитиль у лампы и сидели, куря папиросу за папиросой, в полном молчании. Время тянулось невероятно медленно, но нас подбадривал тот же азарт, какой бывает у охотника, терпеливо подстерегающего дичь у капкана.

Пробило час, два, и мы уже были готовы отчаяться, как вдруг усталости нашей словно не бывало — и я и сэр Генри оба невольно выпрямились. В коридоре послышался скрип половиц. Крадущиеся шаги поравнялись с нашей комнатой и мало-помалу замерли вдали. Баронет бесшумно открыл дверь. Мы отправились следом за нашей дичью. Она уже успела пройти галерею, а в коридоре была полная темнота. Соблюдая всяческую осторожность, мы дошли до дальнего крыла, и там перед нами промелькнула фигура высокого человека с черной бородой, который на цыпочках, ссутулив плечи, ступал по коридору. Вот он шмыгнул в ту же дверь, свеча на секунду осветила ее, а потом в темный коридор потянулся тоненький желтый луч. Мы двигались к этому лучу, пробуя каждую половицу, прежде чем ступить на нее. Мы были босиком, и все же старые половицы стонали и поскрипывали под тяжестью наших шагов. Мне казалось, что их нельзя не услышать, но, к счастью, Бэрримор действительно туг на ухо, да к тому же он был слишком поглощен своим делом.

Добравшись наконец до двери, мы заглянули в комнату. Дворецкий стоял со свечой у окна, почти прижавшись к стеклу лицом, то есть в той же позе, в какой я видел его две ночи назад. У нас не было заранее разработанного плана действий, но баронет принадлежит к тому сорту людей, для которых решительные поступки кажутся самыми естественными. Он смело вошел в комнату. Бэрримор отскочил от окна, прерывисто переводя дух, и, мертвенно-бледный, дрожа всем телом, стал перед нами. В его темных глазах, горевших на белой маске лица, сквозил ужас. Он растерянно переводил их с меня на сэра Генри.

— Бэрримор, что вы здесь делаете?

— Ничего, сэр. — От волнения он едва ворочал языком; свеча дрожала в его руке, бросая на стены и на потолок неровные тени. — Окно, сэр… Я проверяю по ночам, все ли заперты.

— Даже на втором этаже?

— Да, сэр, во всем доме.

— Слушайте, Бэрримор, — строго сказал сэр Генри, — мы решили добиться от вас правды, так что чем скорее вы во всем признаетесь, тем лучше. Ну, довольно изворачиваться! Что вам здесь понадобилось?

Дворецкий бросил на нас беспомощный взгляд и в полном смятении стиснул руки:

— Я ничего плохого не делал, сэр! Я только посветил свечкой в окно.

— А зачем вы светили свечкой в окно?

— Не спрашивайте меня, сэр Генри... Не спрашивайте! Клянусь вам, сэр, это не моя тайна, я не могу ее выдать. Если б она касалась только меня, я ничего не стал бы скрывать от вас.

Вдруг меня осенила неожиданная мысль, и я взял свечу, которая стояла на подоконнике.

— Это, вероятно, условный знак. Сейчас посмотрим, будет ли на него какой-нибудь ответ.

Я поднес свечку к самому стеклу, так же, как делал Бэрримор, и вгляделся в непроглядный мрак ночи. Луна спряталась за облака, и в первую минуту мне удалось разглядеть только гряду деревьев, оттенявшую мутную ширь болот. И вдруг я торжествующе вскрикнул, увидев в черном квадрате окна крошечную желтую точку, прорезавшую ночную тьму.

— Вот, смотрите!

— Нет, нет, сэр!.. — забормотал дворецкий. — Уверяю вас, сэр...

— Перенесите свечу вправо, Уотсон! — крикнул баронет. — Видите? Там огонь тоже передвинулся... Ну, негодяй, вы все еще будете упорствовать? Ведь это сигнал! Признавайтесь: кто ваш сообщник? Что вы замышляете?

Дворецкий бросил на него явно вызывающий взгляд:

— Это мое дело, вас оно не касается. Я ничего не скажу.

— Тогда можете считать себя уволенным.

— Слушаю, сэр. Видно, ничего не поделаешь.

— Я выгоню вас с позором! Стыдитесь! Наши предки больше ста лет жили вместе под одной кровлей, а вы замыслили какой-то заговор против меня.

— Нет, нет, сэр! Не против вас!

Эти слова произнес женский голос, и, оглянувшись, мы увидели в дверях насмерть перепуганную миссис Бэрримор, которая своей бледностью могла поспоришь с мужем. Эта грузная женщина в нижней юбке и в шали могла бы произвести весьма комическое впечатление, если б не ужас, написанный у нее на лице.

— Нас рассчитали, Элиза. Вот чем все кончилось!.. Пойди уложи вещи, — сказал Бэрримор.

— Джон, Джон! До чего же я тебя довела!.. Это все моя вина, сэр Генри. Он только ради меня на это пошел… ради одной меня!

— Так говорите же! В чем тут дело?

— Мой несчастный брат погибает от голода на болотах. Не можем же мы допустить, чтобы он умер у самых наших дверей! Джон подает ему знак, что еда приготовлена, а он показывает, куда ее принести.

— Значит, ваш брат и есть тот…

— …беглый каторжник, сэр… убийца Селден.

— Это все правда, сэр, — подтвердил Бэрримор. — Я вам сказал, что не могу открыть чужую тайну, а теперь вы сами все услышали, и теперь вы знаете, что против вас мы ничего не замышляли.

Так вот как разъяснились эти загадочные ночные путешествия со свечой! Мы с сэром Генри в изумлении смотрели на миссис Бэрримор. Неужели эта флегматичная почтенная женщина — той же крови, что и один из самых страшных преступников, которых знает наша страна?

— Да, сэр, моя девичья фамилия Селден, он мой младший брат. Мы избаловали его с детских лет, потакали ему во всем, вот он и уверился, будто ему все дозволено, будто мир существует только для его удовольствия. Потом подрос, попал в дурную компанию, и словно бес вселился в нашего мальчика. Он разбил материнское сердце и смешал наше имя с грязью. А чем дальше, тем хуже и хуже — от одного преступления к другому. Что его спасло от виселицы? Только милость божия. Но для меня, сэр, он остается все тем же маленьким кудрявым мальчуганом, с которым я играла, которого нянчила как старшая сестра. Поэтому он и убежал из тюрьмы — знал, что я здесь и что мы не откажемся помочь ему. Когда он приплелся сюда ночью, усталый, голодный, а погоня — по пятам, что нам оставалось делать? Мы впустили его, накормили, помогли всем, чем можно. Потом приехали вы, сэр, и он решил, что лучше переждать на болотах, пока суматоха не уляжется, и с тех пор скрывается там. А мы проверяем через ночь, не ушел ли, светим ему в окно, и, если он отвечает, мой муж носит на условленное место хлеб и мясо. Каждый день надеемся — может, ушел, но пока он здесь, мы его не бросим. Я женщина верующая, лгать вам не стану. Если тут есть что дурное, так муж ни в чем не виноват: он пошел на это только ради меня.

Она говорила с таким чувством, что ей нельзя было не поверить.

— Это правда, Бэрримор?

— Да, сэр Генри. Все до последнего слова правда.

— Ну что ж, я не стану вас осуждать за преданность жене. Забудьте то, что я вам говорил. Идите оба к себе, а утром мы обсудим все как следует.

Когда они ушли, мы снова посмотрели в окно. Сэр Генри открыл его настежь, и в лицо нам пахнуло холодным ночным ветром. Далеко в непроглядной тьме все еще мерцал крошечный желтый огонек.

— Удивляюсь, как, он не боится! — сказал сэр Генри.

— Огонь, вероятно, только отсюда и видно.

— Может быть. Как по-вашему, где это?

— Где-нибудь около гранитных столбов.

— Мили две, не больше?

— И того не будет.

— Да, если Бэрримор носил туда еду, значит, недалеко. И он ждет сейчас, что к нему придут на его огонек. Нет, Уотсон, я пойду и поймаю этого изверга!

Та же самая мысль мелькнула и у меня. Ведь Бэрриморы не сделали нас соучастниками — мы заставили их выдать свою тайну. Этот человек опасен для общества. Такого, как он, нельзя ни жалеть, ни оправдывать. Мы должны воспользоваться представившейся нам возможностью, чтобы вернуть его туда, где он уже никому не повредит. В противном случае за нашу оплошность поплатятся другие — например, Стэплтоны, на которых он может напасть в любую ночь. Я думаю, что именно эта мысль подбивала сэра Генри на такой смелый поступок.

— Я пойду с вами.

— Тогда возьмите револьвер и наденьте башмаки. Надо торопиться, не то он потушит огонь и скроется.

Не прошло и пяти минут, как мы уже быстро шли по темной аллее, прислушиваясь к монотонному вою осеннего ветра и шороху осыпающихся листьев. В воздухе стоял пряный запах гнили и сырости. Луна лишь изредка показывалась из-за туч, тянувшихся по небу, а как только мы вышли на болото, заморосил мелкий дождь. Желтый огонек по-прежнему мерцал впереди.

— А вы что-нибудь прихватили с собой? — спросил я.

— Да, хлыст.

— Давайте действовать быстро, чтобы не дать ему опомниться и оказать сопротивление, — ведь он, говорят, отчаянный. Захватим его врасплох.

— Слушайте, Уотсон! — вдруг заговорил баронет. — А что бы сказал об этом Холмс? Помните? «Ночное время, когда силы зла властвуют безраздельно…»

И, словно в ответ на его слова, где-то вдали, на мрачных просторах болот, возник тот странный звук, который так поразил меня несколько дней назад около Гримпенской трясины. Ветер донес до нас сначала глухое ворчание, а потом рев, мало-помалу перешедший в тоскливый вой. Эти дикие, грозные звуки повторялись в той же последовательности раз за разом, наполняя собой воздух. Баронет схватил меня за рукав, и я даже в темноте разглядел, какой мертвенной бледностью покрылось его лицо.

— Боже мой, Уотсон, что это?

— Не знаю. Говорят, что такие звуки не редкость на болотах. Я уже слышал их.

Вой снова замер, наступила полная тишина. Мы стояли, напряженно прислушиваясь, но больше ничто не нарушало окружающего нас безмолвия.

— Уотсон, — сказал баронет, — это выла собака.

Кровь похолодела у меня в жилах, ибо голос сэра Генри дрогнул от ужаса.

— Как они объясняют этот звук? — спросил он.

— Кто?

— Здешние жители.

— Но ведь это совершенно невежественные люди! Не все ли вам равно, как они его объясняют?

— Уотсон, скажите мне, что они говорят об этом?

Минуту я колебался, но вопрос был поставлен так, что отмолчаться мне не удалось.

— Они говорят, что это воет собака Баскервилей.

Сэр Генри застонал.

— Да, так может выть только собака, — сказал он после долгого молчания, — но она где-то далеко, в той стороне.

— Я не могу определить, откуда шел этот вой.

— Его принесло ветром. А где Гримпенская трясина? Вон там?

— Да.

— Так оттуда он и шел. Бросьте, Уотсон! Вы же сами думаете, что это выла собака. Я не ребенок. Не бойтесь сказать мне правду.

— В тот раз со мной был Стэплтон. Он говорит, что так кричат какие-то птицы.

— Нет, это собака. Боже мой! Неужели во всех этих небылицах есть хоть доля правды? Неужели мне угрожает какая-то неведомая опасность? Вы не верите в это, Уотсон?

— Нет, нет!

— А все-таки одно дело — смеяться над такими глупостями в Лондоне и совсем другое — слышать этот вой, стоя в темноте на болотах. А мой дядя? Ведь около его тела нашли собачьи следы. Все одно к одному. Я далеко не трус, Уотсон, но у меня кровь стынет в жилах от этих звуков. Потрогайте мою руку.

Она была холодна, как мрамор.

— Ничего, завтра все пройдет.

— Нет, этого воя мне никогда не забыть. Что же нам теперь делать?

— Повернем домой?

— Ни за что! Ловить этого негодяя так ловить. Мы с вами охотимся за каторжником, а чудовищная собака, наверно, охотится за нами. Пойдемте, Уотсон! Пусть все исчадия ада ринутся сюда на болота, все равно отступать нельзя.

Спотыкаясь на каждом шагу, мы медленно двинулись дальше. И справа и слева от нас громоздились неясные в темноте очертания скалистых холмов. Впереди по-прежнему маячил маленький желтый огонек. Нет ничего обманчивее расстояния в кромешной тьме. Огонек мерцал то у самого горизонта, то всего в нескольких шагах от нас. Но наконец мы разглядели источник света и поняли, что теперь до него недалеко. Это была оплывшая свечка, вставленная в расселину между камнями, которые защищали ее от ветра и от посторонних глаз, оставляя открытой только с той стороны, где был Баскервиль-холл. Наше приближение скрывал большой гранитный валун. Мы притаились за ним и осторожно выглянули наружу. Странно было видеть эту одинокую свечу среди болот! Желтый язычок пламени, отсвечивающий на камнях, — и ни признака жизни вокруг.

— Что же теперь делать? — прошептал сэр Генри.

— Подождем здесь. Он, вероятно, где-нибудь поблизости. Может быть, сейчас покажется.

Я не успел договорить, как мы увидели его. В расселине, где горела свеча, появилось страшное, изборожденное следами пагубных страстей лицо, в котором не было ничего человеческого. Такое лицо, облепленное грязью, заросшее щетиной, все в космах спутанных волос, вполне могло бы быть у одного из тех дикарей, которые жили когда-то на склонах этих холмов. Огонек свечи отражался в хитрых маленьких глазках, злобно бегавших по сторонам, точно глаза зверя, заслышавшего в темноте шаги охотников. Что-то, вероятно, возбудило его подозрение. То ли у них с Бэрримором был какой-то неизвестный нам условный знак, то ли он почувствовал, что дело неладно, но я сразу подметил следы страха на его отвратительной физиономии. Он мог каждую секунду погасить свечу и скрыться в темноте. Я выбежал вперед, сэр Генри за мной. Каторжник с воплем швырнул в нас камнем, который разлетелся на куски, ударившись рядом о валун. Я успел только разглядеть, что он приземистый, широкоплечий. К счастью, в эту минуту из-за туч показалась луна. Мы кинулись вверх по холму, а каторжник мчался по другому его склону, с ловкостью горного козла прыгая по камням. Удачный выстрел мог бы ранить его, но я захватил с собой револьвер только для защиты, а не для того, чтобы стрелять в спину невооруженному человеку.

И я и сэр Генри были неплохие бегуны, однако мы вскоре поняли, что нам не догнать его. Он долго виднелся впереди, освещенный ярким лунным светом, и наконец почти исчез, превратившись в маленькую точку, быстро движущуюся по склону отдаленного холма. Расстояние между нами все увеличивалось. Наконец мы окончательно выбились из сил, сели на камни и стали смотреть вслед его удаляющейся фигуре.

И вот тут-то произошло нечто странное и совершенно неожиданное. Мы уже поднялись, решив оставить бесполезную погоню. Луна была справа от нас; неровная вершина гранитного столба четко вырисовывалась на фоне ее серебряного диска. И на этом столбе я увидел человеческую фигуру, стоявшую неподвижно, словно статуя из черного дерева. Не думайте. Холмс, что это была галлюцинация. Я, как никогда, мог положиться на свое зрение! Насколько мне удалось разглядеть, это был высокий, худой человек. Он стоял, чуть расставив ноги, скрестив руки на груди, опустив голову, и словно в раздумье смотрел на царство торфа и гранита, которое лежало перед ним. Вот таким и представляется мне дух здешних болот! Это был не каторжник. Он стоял далеко от места, где тот скрылся, да и ростом он был выше. Вскрикнув от неожиданности, я повернулся к баронету и схватил его за руку. Секунды, которая понадобилась мне на это, было достаточно — человек исчез. Острая вершина гранитного столба по-прежнему врезалась в лунный диск, но неподвижной, безмолвной фигуры на ней уже не было.

Я сразу же решил, что надо пойти туда и осмотреть этот столб, но он стоял довольно далеко от нас, а баронету было не до приключений — он все еще не мог успокоиться после страшного воя, напомнившего ему о мрачном семейном предании. К тому же сам он ничего не видел, и, следовательно, его не могло взволновать это странное зрелище.

— Наверно, часовой. Со времени побега болота так и кишат ими, — сказал он.

Возможно, что сэр Генри был прав, но мне так хотелось окончательно убедиться в этом! Сегодня мы дадим знать принстаунским властям, где скрывается беглый каторжник. Но все-таки жалко, что нам не удалось поймать его самим и с торжеством водворить обратно в тюрьму!

Таковы события последней ночи, и вы, дорогой Холмс, должны признать, что вам представлен полный отчет о них. Большая часть моих рассказов, конечно, не имеет никакого отношения к нашему делу, но я считаю нужным сообщать в своих письмах все факты — выбирайте из них те, которые сослужат вам службу. Кое-какие успехи у нас все же есть. Мы узнали теперь всю подоплеку поведения Бэрриморов, а это значительно прояснило обстановку. Но тайна торфяных болот, тайна их странных обитателей остается по-прежнему неразгаданной. Может быть, в следующем письме мне удастся немного приоткрыть над ней завесу. А лучше всего было бы, если б вы приехали сюда сами.

Глава X. ОТРЫВКИ ИЗ ДНЕВНИКА ДОКТОРА УОТСОНА

До сих пор я вполне обходился в своем повествовании отчетами, которые Шерлок Холмс получал от меня в первые дни после моего приезда в Баскервиль-холл. Теперь же мы подошли к такому моменту, когда я вынужден оставить этот способ и снова положиться на свою память, подкрепив ее выписками из собственного дневника. Эти два отрывка подведут нас вплотную к тем событиям, которые навеки запечатлелись у меня в мозгу.

Я остановился на описании нашей неудачной погони за каторжником и на том, что за ней последовало. Продолжаю свой рассказ на другое утро.

16 октября. Туманный серый день, моросит дождь. Над Баскервиль-холлом низко нависли тучи; время от времени гряда их редеет, и тогда сквозь просветы вдали виднеются мрачные просторы торфяных болот, на которых поблескивают серебром склоны холмов и мокрые валуны. И дома и под открытым небом — всюду одинаково тоскливо. После пережитого ночью баронет находится в мрачном настроении. Я сам ощущаю какую-то тяжесть на сердце, и меня гнетет предчувствие неминуемой беды — предчувствие тем более страшное, что объяснить его я не в силах.

А разве оснований для беспокойства нет? Стоит только вспомнить цепь событий, которые все указывают на присутствие каких-то темных сил, действующих здесь. Смерть последнего хозяина Баскервиль-холла, в точности совпадающая с семейным преданием, толки среди фермеров о странном существе, которое то и дело появляется на болотах. Да я собственными ушами дважды слышал звуки, похожие на отдаленный собачий лай. Нельзя же в самом деле поверить, что все это — вне законов природы! Призрачная собака, которая оставляет следы на земле и громко воет? Нет, это невыносимо! Стэплтон, а за ним и Мортимер могли поддаться общему настроению, но если у меня есть какое-нибудь достоинство, так это здравый смысл, и я никогда не стану предаваться суеверию. Для этого надо опуститься на уровень развития здешних фермеров, которые, не довольствуясь рассказами о какой-то свирепой собаке, наделяют ее пламенем, пышущим из глаз и пасти. Холмс не стал бы даже слушать подобные бредни, а я представляю здесь его персону. Однако факты остаются фактами: мне пришлось дважды слышать этот вой. А что, если по болотам действительно бегает какая-то огромная собака? Ведь тогда все станет понятным! Но где она прячется, что она ест, откуда она взялась, почему никто не видел ее днем? Надо сознаться, что, давая всему этому правдоподобное объяснение, мы наталкиваемся на не меньшие трудности. Но даже если оставить собаку в стороне — как объяснить то, что было в Лондоне? Неизвестный в кэбе, письмо, автор которого заклинал сэра Генри не выходить на торфяные болота? Уж в этом-то нет ничего сверхъестественного, хотя и то и другое можно в одинаковой степени приписать и дружеским и враждебным силам. Но где он сейчас, этот друг или враг? Остался ли в Лондоне, или последовал за нами сюда? Неужели... Неужели его-то я и видел на вершине гранитного столба?

Правда, он всего лишь мелькнул у меня перед глазами, но кое-что я все же приметил и готов подтвердить это под присягой. Он не из здешних жителей — теперь я знаю всех соседей сэра Генри. Он выше Стэплтона и гораздо худее Френкленда. Его можно было бы принять за Бэрримора, но Бэрримор оставался дома, и я уверен, что ему не удалось бы прокрасться за нами незамеченным. Следовательно, здесь, так же как и в Лондоне, нас выслеживает какой-то неизвестный. Мы до сих пор не можем отделаться от него. Если б мне удалось поймать этого человека, тогда все наши недоумения сразу бы разъяснились. Вот моя цель, и я приложу все свои силы, чтобы достигнуть ее.

Первым моим побуждением было поделиться своими планами с сэром Генри. Но, поразмыслив, я решил вести игру самостоятельно и поменьше говорить об этом. Баронет молчалив и погружен в свои мысли. Вой, который мы слышали на болотах, очень на него подействовал. Я решил не усугублять его беспокойства, но оружия не сложу и буду действовать на свой страх и риск.

Сегодня после завтрака у нас разыгралась небольшая сцена. Бэрримор попросил у сэра Генри разрешения поговорить с ним, и они ушли в кабинет. Сидя в бильярдной, я слышал их повышенные голоса и прекрасно догадывался, о чем там идет речь. Вскоре дверь кабинета раскрылась и баронет позвал меня.

— Бэрримор в обиде на нас, — сказал сэр Генри. — С нашей стороны, видите ли, было нечестно преследовать его шурина, тайну которого он выдал нам по собственной воле.

Дворецкий стоял бледный, но держал себя в руках.

— Я, может быть, погорячился, сэр, но в таком случае прощу прощения. Но все же меня очень удивило, когда я услышал ваши шаги на рассвете и узнал, что вы хотели поймать Селдена. Незачем мне наводить людей на его след — ему, несчастному, и без того плохо.

— Если б вы действительно выдали Селдена по собственной воле, это было бы совсем другое дело, — сказал баронет. — Но ведь вы, вернее, ваша жена признались во всем только под нашим нажимом. Вам ничего другого не оставалось.

— Я не думал, что вы воспользуетесь моим признанием, сэр Генри. Никак не думал.

— Селден опасен для общества. Ведь он ни перед чем не остановится, по его физиономии видно! Вспомните, как редко здесь встречается жилье. Взять хотя бы мистера Стэплтона — в случае нападения ему надеяться не на что, разве только на собственные силы. Нет, пока этого человека не посадят под замок, мы не можем чувствовать себя в безопасности!

— Селден никого не тронет, сэр, клянусь вам! Для здешних жителей он теперь не страшен. Поверьте мне, сэр Генри, через несколько дней все будет улажено и он уедет в Южную Америку, Умоляю вас, не сообщайте полиции, что Селден все еще здесь, на болотах. Его уже перестали искать, и он может спокойно дождаться парохода. Если вы донесете на него, нам с женой несдобровать. Прошу вас, сэр, не обращайтесь в полицию!

— Уотсон, что вы на это скажете?

Я пожал плечами:

— Если этот человек уберется из Англии, налогоплательщики вздохнут свободнее.

— А вдруг он натворит каких-нибудь бед до отъезда?

— Нет, сэр! Ведь не безумный же он! Мы дали ему все, что нужно. А новое преступление выдаст его с головой.

— Это верно, — сказал сэр Генри. — Хорошо, Бэрримор…

— Да благословит вас бог, сэр! Как я вам благодарен! Если Селдена поймают, моя жена не перенесет такого горя.

— Выходит, Уотсон, мы с вами укрываем уголовного преступника. Но у меня, кажется, не хватит теперь духу выдать его. Хорошо, покончим на этом. Вы можете идти, Бэрримор.

Пробормотав дрогнувшим голосом несколько слов благодарности, дворецкий пошел к дверям, но на пороге вдруг остановился.

— Вы так хорошо со мной обошлись, сэр, что мне хочется как-то отблагодарить вас, — нерешительно начал он. — Я кое-что знаю, сэр Генри… может быть, напрасно я так долго молчал, но это выяснилось, когда следствие было уже закончено. Я еще ни с кем не говорил об этом… Речь идет о смерти сэра Чарльза.

Мы с баронетом так и подскочили на месте.

— Вам известны обстоятельства его смерти?

— Нет, сэр.

— Тогда что же?

— Я знаю, почему он стоял у калитки в такой поздний час. У него было свидание с женщиной.

— Свидание с женщиной! У сэра Чарльза!

— Да, сэр.

— Кто она такая?

— Имени ее я вам не скажу, сэр. Я знаю только первые буквы: «Л. Л.».

— Откуда вам это известно, Бэрримор?

— Сэр Генри, в то утро ваш дядюшка получил письмо. На его имя обычно приходило очень много писем, ведь он был человек известный и славился своей добротой. К нему каждый обращался со своим горем. Но а то утро пришло только одно письмо, почему я его и запомнил. Почерк на конверте был женский, и на штемпеле стояло: «Кумби-Треси».

— Дальше?

— Я бы не вспомнил больше об этом письме, если б не жена. Несколько недель тому назад она принялась за уборку в кабинете сэра Чарльза — в первый раз после его смерти — и нашла в глубине камина листок бумаги. Большая часть его превратилась в пепел, но один маленький кусочек — самый конец — уцелел, и слова еще можно было разобрать, хотя чернила посерели от огня, а бумага обуглилась. Это была, наверно, только приписка, и мы прочли вот что: «Умоляю вас, как джентльмена, сожгите это письмо и будьте у калитки в десять часов вечера». Внизу стояли две буквы: «Л. Л.».

— Вы сохранили этот обрывок?

— Нет, сэр. Он рассыпался у меня в руках.

— А до этого сэр Чарльз получал письма, написанные тем же почерком?

— Не знаю, сэр, не обращал внимания. Да и это письмо запомнилось мне только потому, что оно было единственное в тот день.

— И вы не знаете, кто такая «Л. Л.»?

— Нет, сэр, понятия не имею. Но я думаю, что, если б нам удалось разыскать эту леди, мы бы узнали кое-какие подробности о смерти сэра Чарльза.

— Я просто не понимаю вас, Бэрримор! Как можно было скрывать до сих пор такие важные сведения?

— Видите ли, сэр, сразу же вслед за этим на нас самих свалилась беда. Кроме того, мы с женой очень любили сэра Чарльза и не забывали его благодеяний. Зачем, думаем, ворошить старое? Нашему несчастному хозяину это уже не поможет, а когда в дело замешана женщина, тут надо действовать осторожно. Ведь даже самые достойные люди…

— По-вашему, это может оскорбить его память?

— Да, сэр, я решил, что ничего хорошего из этого не получится. Но вы были так добры к нам… Мне не захотелось скрывать от вас то, что знаю.

— Хорошо, Бэрримор, можете идти.

Когда дворецкий вышел, сэр Генри повернулся ко мне:

— Ну, Уотсон, что вы скажете об этом новом луче света?

— По-моему, он еще больше сгустил темноту.

— Да, верно. Но если б нам удалось выследить эту «Л. Л.», тогда все бы прояснилось. Мы теперь знаем, что есть женщина, которой многое известно, а это уже серьезное достижение! Надо только найти ее. Что ж нам теперь делать?

— Немедленно сообщить обо всем Холмсу. Может быть, это наведет его на нужный след. Я почти уверен, что он сейчас же приедет сюда.

Я ушел к себе и написал Холмсу подробный отчет о событиях сегодняшнего утра. Мой друг, по-видимому, очень занят последнее время, так как письма с Бейкер-стрит становятся все реже и все короче. В них ни словом не упоминается о моих отчетах, а о цели моей поездки сюда — лишь вскользь. Дело о шантаже, вероятно, поглощает все силы Холмса. Но последние события, безусловно, привлекут его внимание и снова пробудят в нем интерес к нашему расследованию. Как бы мне хотелось, чтобы он был здесь!

17 октября. Сегодня весь день льет дождь; тяжелые капли шуршат в густом плюще, падают с карнизов. Я вспомнил каторжника, скрывающегося в глубине мрачных, открытых небу торфяных болот.

Бедняга! Каковы бы ни были совершенные им преступления, теперешние его муки в какой-то мере искупают их. А потом вспомнился мне и тот, другой человек... Лицо, мелькнувшее в окне кэба, темная фигура, словно вырезанная на лунном диске. Неужели этот неуловимый соглядатай, этот пособник тьмы тоже бродит сейчас, под таким ливнем?

Вечером я надел непромокаемый плащ и отправился в глубь болот, рисуя в своем воображении страшные картины. Дождь хлестал мне в лицо, в ушах свистел ветер. Да хранит господь тех, кто блуждает сейчас около Гримпенской трясины! В такую погоду даже взгорья превращаются здесь в сплошную топь. Я отыскал гранитный столб, на котором стоял тот одинокий созерцатель, и с его неровной, уступчатой вершины оглядел расстилавшиеся внизу унылые болота. Дождевые потоки заливали эти бурые низины, тяжелые, свинцово-серые тучи низко стлались над землей, а сквозь их обрывки проступали причудливые очертания холмов. Вдали, по левую руку от меня, над деревьями ложбины поднимались чуть видные в тумане узкие башни Баскервиль-холла. Только они одни и говорили о присутствии человека в этих местах, если не считать доисторических пещер, ютившихся на склонах холмов. И нигде ни малейшего следа того незнакомца, одинокую фигуру которого я видел на этой самой вершине две ночи назад!

На обратном пути меня догнал доктор Мортимер, ехавший в своей тележке со стороны Гнилой топи. Все это время доктор был к нам очень внимателен, и не проходило почти ни одного дня, чтобы он не заглянул в Баскервиль-холл справиться, как мы поживаем. Доктор усадил меня к себе в тележку и предложил подвезти домой. Он очень огорчен пропажей своего спаниеля. Собака убежала на болота и не вернулась. Я утешал доктора как мог, а сам, вспоминая пони, увязшего в Гримпенской трясине, думал, что Мортимеру вряд ли придется увидеть когда-нибудь свою собачонку.

— Кстати, доктор, — сказал я, трясясь вместе с ним по рытвинам дороги, — вы, вероятно, знаете здесь всех, кто находится в радиусе ваших разъездов?

— Думаю, что всех.

— Тогда вы, может быть, скажете мне полное имя и фамилию женщины, инициалы которой «Л. Л.»?

Мортимер задумался, потом ответил:

— Нет. Правда, за цыган и работников на фермах я не могу ручаться, но среди самих фермеров и джентри[1] такие инициалы как будто ни к кому не подходят. Хотя постойте, — добавил он после паузы, — есть некая Лаура Лайонс — вот вам «Л. Л.». Но она живет в Кумби-Треси.

— Кто она такая? — спросил я.

— Дочь Френкленда.

— Как! Дочь этого старого чудака?

— Совершенно верно. Она вышла замуж за художника по фамилии Лайонс, который приезжал сюда на этюды. Он оказался негодяем и бросил ее. Впрочем, насколько я слышал, нельзя сваливать всю вину на одну сторону. Отец отрекся от нее, потому что она вышла замуж без его согласия, а может быть, и не только поэтому. Одним словом, два греховодника — и старый и молодой — допекали несчастную женщину как могли.

— Чем же она живет?

— Старик Френкленд, вероятно, дает ей кое-что, разумеется, не много, так как его собственные дела находятся в плачевном состоянии. Но каковы бы ни были ее прегрешения, нельзя же было позволять ей скатываться все ниже и ниже. Эта история стала известна здесь, и соседи — а именно Стэплтон и сэр Чарльз — помогли ей, дали возможность честно зарабатывать на жизнь. Я тоже

[1] Джентри — мелкопоместные дворяне в Англии.

кое-что пожертвовал. Мы хотели, чтобы она выучилась печатать на машинке.

Мортимер спросил, почему меня это интересует, и я кое-как удовлетворил его любопытство, стараясь не вдаваться в подробности, ибо нам совершенно незачем посвящать в свои дела лишних людей.

Завтра утром я съезжу в Кумби-Треси, и, если мне удастся повидать эту даму с весьма сомнительной репутацией, миссис Лауру Лайонс, мы сделаем большой шаг вперед к тому, чтобы одной загадкой стало у нас меньше.

Между прочим, ваш покорный слуга мало-помалу превращается в мудрого змия: когда Мортимер зашел уж слишком далеко в своих расспросах, я осведомился, к какому типу принадлежит череп Френкленда, и спас положение — вся остальная часть пути была посвящена лекции по краниологии.[1] Годы, проведенные в обществе Шерлока Холмса, не прошли для меня даром.

Чтобы покончить с описанием этого унылого, дождливого дня, упомяну еще об одном разговоре, на сей раз с Бэрримором. Этот разговор дал мне козырь в руки, с которого я и пойду в нужную минуту.

Мортимер остался у нас, и после обеда они с баронетом затеяли партию в экартэ.[2] Дворецкий подал мне кофе в кабинет, и я воспользовался этим, чтобы задать ему несколько вопросов.

— Ну, Бэрримор, что поделывает ваш милый родственник? Уехал или все еще прячется на болотах?

— Не знаю, сэр. Хоть бы поскорее уехал! Ведь сколько мы с ним хватили горя! Я ничего о нем не знаю с тех пор, как отнес ему в последний раз еду, а это было третьего дня.

— А тогда вы его видели?

— Нет, сэр, но я потом проверил — еды на месте не оказалось.

---

[1] Краниология — наука, изучающая черепа людей и животных.

[2] Экартэ — карточная игра.

— Раз еды не было, значит, он все еще там.

— Да как будто так, сэр, если только ее не взял тот, другой человек.

Моя рука с чашкой замерла на полдороге, и я во все глаза уставился на Бэрримора:

— Так вы знаете, что там есть кто-то другой?

— Да, сэр, на болотах прячется еще один человек.

— Вы его видели?

— Нет, сэр.

— Откуда же вы о нем знаете?

— Мне говорил про него Селден недели полторы назад. Этот человек тоже скрывается, но, по-моему, он не из каторжников... Не нравится мне это, доктор Уотсон, совсем не нравится! — с неожиданной силой вырвалось вдруг у Бэрримора.

— Слушайте, друг мой! Я здесь действую исключительно в интересах вашего хозяина. Я только затем и приехал, чтобы помочь ему. Скажите мне прямо: что, собственно, вам не нравится?

Минуту Бэрримор колебался, точно сожалея о своей вспышке или же не находя подходящих слов для выражения обуревающих его чувств.

— Да все, что там делается, сэр! — воскликнул он наконец, показав на залитое дождевыми потоками окно, которое выходит на болота. — Не к добру это. Там замышляют черное дело, поверьте моему слову! Мне теперь хочется только одного: чтобы сэр Генри поскорее уехал отсюда в Лондон.

— Да что вас так напугало?

— А вы вспомните смерть сэра Чарльза! Мало ли что там следователь наговорил! Прислушайтесь ночью, что делается на болотах. Ведь люди ни за какие деньги не согласятся выйти туда после захода солнца... А этот человек, который там прячется и кого-то выслеживает, — кого он выслеживает? Что все это значит? Нет, для тех, кто носит имя Баскервилей, это добром не кончится, и я не дождусь того дня, когда новые слуги сэра Генри заступят на мое место и мне можно будет уехать отсюда!

— Расскажите мне про этого человека, — сказал я. — Что вы о нем знаете? Что говорил Селден? Ему известно, где тот прячется и зачем?

— Селден видел его раза два, но он осторожный, хитрый. Сначала Селден принял его за полицейского, а потом убедился, что тут нечто совсем другое. По виду он джентльмен, но что ему там нужно, никак не поймешь.

— А где он прячется?

— Селден говорит, что в старых пещерах на склонах холма — знаете, там есть каменные пещеры, где в древности жили люди.

— А чем он питается?

— Селден подглядел, что к нему ходит какой-то мальчишка. Он, наверно, носит ему еду и все прочее из Кумби-Треси.

— Хорошо, Бэрримор. Мы еще с вами поговорим об этом как-нибудь в другой раз.

Когда дворецкий вышел, я остановился у окна и посмотрел сквозь мутное стекло на бегущие по небу облака и на деревья, которые трепал ветер. Если в такую погоду неуютно даже в доме, то каково же в каменной пещере на болотах! Какой ненавистью надо пылать, чтобы устроить засаду в таком месте и в такое время! И что побудило этого человека пойти на столь тяжкое испытание?

В одной из этих пещер таится самая суть той задачи, которая так мучит меня. Клянусь, не пройдет и дня, как я сделаю все, что в человеческих силах, и доберусь до разгадки этой тайны!

Глава XI. Человек на гранитном столбе

Отрывки из моего дневника, составившие последнюю главу, подвели нас вплотную к 18 октября, то есть к тому числу, начиная с которого все эти невероятные события быстро двинулись к своей страшной развязке. Происшествия последних дней настолько врезались мне в память, что я могу рассказывать о них, не прибегая к своим записям.

Итак, начнем с того дня, в канун которого я выяснил два обстоятельства первостепенной важности. Первое: что миссис Лаура Лайонс из Кумби-Треси писала сэру Чарльзу Баскервилю и назначила ему свидание в том самом месте, где он встретил свою смерть (причем в тот же условленный час), и второе: что человека, скрывающегося на болотах, следует искать в каменных пещерах на склоне холма. Я чувствовал, что теперь только недостаток мужества и сообразительности может помешать мне разгадать эти две загадки.

В тот вечер мне не удалось рассказать баронету о миссис Лайонс, так как доктор Мортимер допоздна засиделся с ним за картами. Но на другой день во время завтрака я поделился с ним своим открытием и предложил съездить со мной в Кумби-Треси. Сначала он охотно согласился на это, но, поразмыслив, мы решили, что лучше мне поехать одному. Чем официальнее будет обставлен этот визит, тем меньших результатов мы добьемся. И я не без угрызений совести оставил сэра Генри дома, а сам отправился на эти новые розыски.

Подъехав к Кумби-Треси, я велел Перкинсу придержать лошадей и навел справки о леди, которую мне предстояло допросить. Отыскать ее дом оказалось нетрудно — он стоял в самом центре деревни. Служанка, открывшая дверь, без дальнейших церемоний ввела меня в гостиную, где за пишущей машинкой сидела женщина. Она с приятной улыбкой поднялась мне навстречу, но, увидев перед собой незнакомца, нахмурилась, снова села к столу и осведомилась о цели моего посещения.

С первого взгляда миссис Лайонс поразила меня своей красотой. Светло-карие глаза, каштановые волосы, нежный румянец на щеках, правда усыпанных веснушками, — румянец того восхитительного оттенка, что таится в самом сердце белой розы. Повторяю, первое впечатление было очень сильное. Однако, присмотревшись, я настроился на критический лад. В этом лице было что-то неприятное, грубое — его совершенную красоту портили то ли безвольные складки у рта, то ли жесткость взгляда. Но все эти мысли пришли мне в голову задним числом. В первую же минуту я просто почувствовал, что передо мной сидит очень красивая женщина и эта женщина спрашивает меня, зачем я пришел. И мне только тогда стало ясно, насколько щекотлива цель моего визита.

— Я имею удовольствие знать вашего батюшку, — сказал я.

Начало было довольно неудачное, и леди сразу же дала мне понять это.

— У меня нет ничего общего с моим отцом, — сказала она. — Я ничем ему не обязана и не могу считать его друзей своими друзьями. Он не обременяет себя отцовскими заботами. Если б не покойный сэр Чарльз Баскервиль и некоторые другие сердобольные люди, мне пришлось бы голодать.

— А я как раз хочу поговорить с вами о покойном сэре Чарльзе Баскервиле.

Веснушки ярко выступили на ее побледневшем лице.

— Что именно вас интересует? — спросила она, и ее пальцы нервно потрогали клавиши машинки.

— Вы были знакомы с ним?

— Я же говорю, что я многим ему обязана. Если мне удалось стать на ноги, то это объясняется главным образом тем участием, которое он проявлял к моей судьбе.

— Вы с ним переписывались?

Леди метнула на меня быстрый взгляд, и в ее светло-карих глазах вспыхнул злой огонек.

— Объясните мне цель этих расспросов, — резко сказала она.

— Цель их может быть только одна: избежать неприятной для вас огласки. Давайте поговорим здесь иначе это уже будет не в нашей власти, а тогда выйдет хуже.

Она побледнела еще больше и долго молчала. Потом вдруг посмотрела на меня и сказала дерзким, вызывающим тоном:

— Хорошо, я согласна. Что вы хотите знать?

— Вы переписывались с сэром Чарльзом?

— Да, я писала ему раза два, благодарила его за великодушие и деликатность.

— Даты этих писем вы помните?

— Нет.

— А вы встречались с ним лично?

— Считанное число раз, во время его приездов в Кумби-Треси. Сэр Чарльз был очень скромный человек он не любил выставлять напоказ свои добрые дела.

— Вы редко с ним переписывались, редко встречались, тем не менее он был настолько посвящен в ваши дела, что даже оказывал вам помощь! Как же это так?

Она ответила на мой каверзный вопрос не задумываясь:

— Мне помогали общими силами и другие джентльмены, которые знали мою печальную историю. Один из них был мистер Стэплтон, сосед и близкий друг сэра Чарльза. Он проявил ко мне исключительную доброту, и сэр Чарльз через него познакомился со мной.

Я уже знал, что сэр Чарльз Баскервиль не раз поручал Стэплтону вести свои благотворительные дела, и поэтому счел такое объяснение вполне правдоподобным.

— Теперь скажите: в своих письмах к сэру Чарльзу вы не настаивали на личном свидании?

Она гневно вспыхнула:

— Я считаю такой вопрос неуместным, сэр!

— Простите, сударыня, но я вынужден повторить его.

— Хорошо, я отвечу: конечно, нет!

— Даже в день смерти сэра Чарльза?

Румянец в мгновение ока схлынул с ее щек; лицо, смотревшее на меня, покрылось мертвенной бледностью. Пересохшие губы дрогнули, и я скорее увидел, чем услышал еще одно «нет».

— Вам явно изменяет память. Я могу даже процитировать одну фразу из вашего письма. Там было сказано: «Умоляю вас, как джентльмена, сожгите это письмо и будьте у калитки в десять часов вечера».

Мне показалось, что еще секунда — и миссис Лайонс потеряет сознание, но она поборола себя огромным усилием воли.

— Значит, нет на свете порядочных джентльменов? — вырвалось у нее.

— Вы несправедливы к сэру Чарльзу: он исполнил вашу просьбу. Но иной раз можно прочесть даже сожженное письмо. Теперь вы признаетесь, что писали ему в тот день?

— Да, писала. Я не стану отказываться! — воскликнула она, вкладывая всю душу в свои слова. — Мне нечего стыдиться этого письма. Я просила его о помощи. Я была уверена, что, если мне удастся поговорить с ним, он не откажется поддержать меня.

— Но почему вы назначили такой час для встречи?

— Я узнала, что он уезжает на другой день в Лондон, возможно на несколько месяцев. А раньше я не могла прийти, на это у меня были свои причины.

— Зачем же вы назначили свидание в парке? Разве нельзя было устроить его в доме?

— По-вашему, женщина может явиться одна в такой поздний час в дом холостяка?

— Хорошо. Что же было, когда вы пришли на свидание?

— Я никуда не ходила.

— Миссис Лайонс!

— Клянусь вам всем, что для меня свято, я не ходила туда! Мне помешали.

— Что же вам помешало?

— Это мое личное дело, я не могу говорить о нем.

— Следовательно, вы назначили свидание сэру Чарльзу в том самом месте, где его постигла смерть, и даже в тот же самый час, но сами туда не пошли?

— Это святая правда.

Все мои дальнейшие ухищрения ни к чему не привели, она продолжала стоять на своем.

— Миссис Лайонс, — сказал я, заканчивая этот длинный и безрезультатный допрос, — вы не хотите говорить начистоту и тем самым берете на себя большую ответственность. Ваше положение весьма щекотливое. Если я обращусь к помощи полиции, вы убедитесь, насколько все это скомпрометирует вас. Допустим, что вы ни в чем не виноваты, но тогда зачем вам понадобилось с первых же слов отказываться от своего письма, которое было послано сэру Чарльзу в день его смерти?

— Я боялась, что из этого будут сделаны ложные выводы и меня вовлекут в неприятную историю.

— А почему вы так настаивали, чтобы сэр Чарльз уничтожил ваше письмо?

— Если вы читали его, вам это должно быть ясно самому.

— Я не говорил, что читал все письмо.

— Вы привели на память целую фразу.

— Только постскриптум. Я уже сказал вам, что письмо было сожжено, мне не удалось прочитать его целиком. Повторяю свой вопрос еще раз: почему вы так настаивали, чтобы сэр Чарльз уничтожил ваше письмо?

— Это касается только меня.

— Тогда вы тем более должны остерегаться публичного расследования.

— Хорошо, я расскажу вам все. Если слухи о моей горькой судьбе дошли и до вас, то вы должны знать, что я вышла замуж опрометчиво и имею все основания сожалеть об этом.

— Да, я кое-что слышал.

— С тех пор муж, которого я ненавижу, не перестает преследовать меня своими домогательствами. Закон на его стороне, и мне каждый день грозит опасность, что он принудит меня к совместной жизни. Перед тем как написать письмо сэру Чарльзу, я узнала, что могу получить свободу, но для этого требовались деньги. Свобода даст мне все: душевное спокойствие, счастье, самоуважение — решительно все! Великодушие сэра Чарльза было хорошо известно, и я думала: если рассказать ему о своем горе, он не откажется помочь.

— Так почему же вы не пришли на свидание?

— Потому что за это время я успела получить помощь из других рук.

— Тогда надо было написать вторично и объяснить, почему вы не можете прийти!

— Я так бы и сделала, если б не прочла на следующее утро в газетах о его смерти.

Рассказ получался довольно связный, и мои вопросы не могли поколебать его правдоподобие. Проверить все это можно было бы только одним способом: узнать, начала ли миссис Лайонс бракоразводное дело вскоре после трагической смерти сэра Чарльза.

Она вряд ли осмелилась бы солгать, что не была на свидании, так как ей пришлось бы поехать в Баскервиль-холл в шарабане и вернуться в Кумби-Треси только к рассвету. Такую поездку не сохранишь в тайне. Следовательно, она говорит правду или по крайней мере часть правды.

Я ушел от нее, сбитый с толку и удрученный своей неудачей. Опять передо мной та глухая стена, которая вырастает на всех моих путях к намеченной цели. И все же, вспоминая лицо этой женщины и ее поведение во время нашего разговора, я все больше и больше убеждался, что она многое утаила от меня. Почему она вдруг так побледнела? Почему мне приходилось силой вырывать у нее каждое слово? Почему она не поехала на свидание, назначенное на тот час, когда произошла трагедия? Уж наверно, причины всего этого не так просты, как ей хотелось внушить мне. Да, тут ничего нельзя было поделать! Приходилось идти по другим следам, которые вели к каменным пещерам на болотах.

Но следы эти были в высшей степени неясные, в чем я убедился на обратном пути, проезжая мимо холмов, испещренных остатками жилья доисторического человека. Бэрримор сказал, что неизвестный прячется в одной из заброшенных пещер, но ведь тут они попадаются всюду! Впрочем, кроме указаний Бэрримора, у меня были и свои собственные соображения, так как я сам видел этого человека на вершине гранитного столба. Следовательно, оттуда и надо начинать поиски. Я обследую каждую пещеру в этом месте и в конце концов найду ту, которая мне нужна. Если незнакомец попадется мне, я заставлю его назвать себя, заставлю признаться, почему он так упорно преследует нас. Пусть даже для этого придется пригрозить ему револьвером. Он улизнул от Холмса на многолюдной Риджент-стрит, но здесь, на пустынных болотах, это ему не удастся. Если же я найду ту самую пещеру, а ее обитателя там не окажется, что ж — буду ждать его возвращения, когда бы он ни пришел. Холмс упустил этого человека в Лондоне. Как же я буду торжествовать, если мне удастся настигнуть его и тем самым взять верх над моим учителем!

Счастье столько раз изменяло нам во время этого расследования, но теперь оно обернулось ко мне лицом, И вестником удачи был не кто иной, как седовласый, румяный мистер Френкленд, который встретил меня у своей садовой калитки, выходившей на проезжую дорогу.

— Добрый день, доктор Уотсон! — крикнул он с необычной для него приветливостью. — Дайте лошадям передохнуть! Зайдите, порадуйтесь вместе со мной, выпьем по стаканчику вина.

После всего, что я слышал об отношении мистера Френкленда к родной дочери, у меня не могло быть особо дружеских чувств к нему, но мне хотелось во что бы то ни стало отослать Перкинса домой, и такой предлог оказался как нельзя более кстати. Я вышел из коляски, велел передать сэру Генри, что вернусь к обеду, и последовал за Френклендом прямо в столовую.

— Сегодня у меня торжественный день, сэр, настоящий праздник! — объявил он, радостно похохатывая. — Я выиграл два судебных процесса. Теперь здешняя публика поймет, что закон есть закон и что в моем лице она имеет дело с человеком, который не побоится обрушить его возмездие на головы непокорных. Я добился права свободного проезда через парк старика Мидлтона — через самый парк, сэр! — в каких-нибудь ста шагах от его дверей! Ну, что вы на это скажете? Мы еще проучим наших магнатов, будь они прокляты! Пусть знают, что им никто не позволит безнаказанно попирать общинные права! Кроме того, я закрыл доступ в лес, где здешняя публика повадилась устраивать пикники. Эти негодяи ведут себя так, будто права частной собственности не существует! Они воображают, что им всюду можно оставлять пустые бутылки и клочки бумаги. Оба дела закончены, доктор Уотсон, и оба в мою пользу. У меня давно не было такого счастливого дня — с тех самых пор, как я притянул к ответу сэра Джона Морленда за браконьерство, когда он охотился на кроликов в своем собственном загоне.

— Как же это вам удалось?

— Обратитесь к судебным архивам, сэр, вы не пожалеете потраченного времени. «Френкленд против Морленда». Дело слушалось в Лондоне. Оно обошлось мне в двести фунтов, но я его выиграл!

— И что это вам дало?

— Ничего, сэр, ровным счетом ничего. Я горжусь тем, что у меня нет личной заинтересованности в этих делах. Я только выполняю свой общественный долг. Не сомневаюсь, что сегодня ночью жители деревушки Фернворси сожгут на костре мое чучело. В последний раз, когда они это затеяли, я потребовал, чтобы полиция положила конец такому безобразию. Но ведь полицейские власти в нашем графстве ведут себя совершенно позорно, сэр! Я вправе рассчитывать на их защиту, а они мне ее не оказывают! Подождите, дело «Френкленд против полиции» привлечет к себе внимание общества. Я предупреждал, что местным властям придется пожалеть о своем возмутительном отношении ко мне, и вот мои слова уже сбылись.

— Каким же образом? — спросил я.

Старик бросил на меня многозначительный взгляд:

— Им до смерти хочется узнать одну вещь, а мне кое-что известно. Но я ни за какие блага в мире не стану помогать этим негодяям!

Я уже давно подыскивал предлог, чтобы поскорее отделаться от этого болтуна, но последние его слова меня заинтересовали. Однако мне был хорошо известен строптивый нрав старого греховодника; я знал, что стоит только проявить интерес к его рассказу, как он замолчит, и поэтому спросил совершенно равнодушным тоном:

— Наверно, опять браконьерство?

— Ха-ха! Нет, друг мой, тут дело гораздо серьезнее. А что, если оно касается беглого каторжника?

Я так и вздрогнул:

— Вы знаете, где он прячется?

— Точного места, может быть, и не знаю, а навести полицию на его след могу. Неужели вам не приходило в голову, что изловить этого человека удастся лишь тогда, когда мы узнаем, кто носит ему пищу, и проследим за ее доставкой?

Старик был настолько близок к истине, что мне стало не по себе.

— Да, правильно, — сказал я. — Но почему вы думаете, что каторжник все еще прячется на болотах?

— Потому что я собственными глазами видел того кто носит ему еду.

У меня сжалось сердце при мысли о Бэрриморе. Если он попадет во власть этого злобного, пронырливого старикашки, его дело плохо. Но услышав дальнейшее я вздохнул свободнее.

— Представьте себе, еду носит ребенок! — продолжал Френкленд. — Я каждый день его вижу в подзорную трубу, которая у меня на крыше. Он ходит одной и той же дорогой, в одно и то же время. К кому? — спрашивается. Конечно, к каторжнику!

Вот она, удача, наконец-то! Но я даже виду не подал, насколько это меня интересует. Ребенок! Бэрримор говорил, что нашему неизвестному прислуживает какой-то мальчишка. Значит, Френкленд напал на след этого человека, а каторжник тут совершенно ни при чем. Если б я мог выпытать у старика все, что ему известно, это избавило бы меня от долгих и утомительных поисков. Но моими козырями в игре по-прежнему оставались недоверие и полное равнодушие:

— А мне кажется, что это сын какого-нибудь здешнего пастуха. Наверно, носит обед отцу.

Малейшее противоречие выбивало искры из властного старика. Он злобно сверкнул на меня глазами и весь ощетинился, словно разъяренная кошка.

— Вам так кажется, сэр? — И, протянув руку, он показал на расстилавшиеся перед нами болота: — А тот гранитный столб вы видите? Так! А невысокий холм позади него, с кустами терновника? Это самое каменистое место на всех болотах. Что там делать пастухам? Ваше предположение просто нелепо, сэр!

Я кротко согласился, что не учел этого обстоятельства. Моя покорность понравилась Френкленду, и он пустился в дальнейшие разглагольствования:

— Можете быть уверены, сэр, что я никогда не делаю поспешных заключений. Я вижу этого мальчишку с узелком не впервые. Каждый день, а то и два раза на дню он... постойте, доктор Уотсон!.. Это обман зрения или же по склону вон того холма что-то движется?

И действительно, я даже на расстоянии нескольких миль разглядел на тускло-зеленом склоне маленькую темную точку.

— Пойдемте, сэр, пойдемте! — крикнул Френкленд, кидаясь вверх по лестнице. — Вы увидите его собственными глазами!

На плоской крыше стояла укрепленная на треноге подзорная труба весьма внушительных размеров. Френкленд припал к ней и разразился восторженным воплем:

— Скорей, доктор Уотсон, скорей! Пока он не скрылся за холмом!

В самом деле, вверх по склону медленно карабкался мальчик с узелком за плечами. Вот он выбрался на гребень холма, и я совершенно ясно увидел, как его нескладная фигурка, одетая в отрепья, выступила на холодной синеве неба. Мальчик украдкой огляделся по сторонам, видимо, проверяя, не следят ли за ним, и скрылся за холмом.

— Ну что, прав я или нет?

— Действительно, мальчик, и, вероятно, у него есть причины пробираться туда тайком.

— А что это за тайные причины, об этом догадался бы даже полицейский констебль. Но я им ни единым словом не обмолвлюсь, и вас, доктор Уотсон, тоже прошу — молчите. Понимаете? Ни единого слова!

— Как вам будет угодно.

— Они пренебрегают мной самым возмутительным образом. Когда все обстоятельства дела «Френкленд против полиции» выплывут на свет божий, по стране пронесется волна негодования. Нет, пусть не рассчитывают на мою помощь! Они бы палец о палец не ударили, если б эти мерзавцы вздумали сжечь вместо чучела меня самого… Как, вам пора уходить? Неужели вы не поможете мне распить вот этот графин в честь такого радостного события?

Но я не поддался ни на какие мольбы, а когда старик заявил, что хочет проводить меня домой, уговорил его отказаться от этого намерения. Пока он мог видеть меня, я шел по дороге, но потом к тому каменистому холму, за которым скрылся мальчик.

Все складывалось как нельзя лучше, и я поклялся мысленно, что если мне не удастся воспользоваться счастливым случаем, дарованным судьбой, то виной этому будет все что угодно, только не отсутствие энергии и настойчивости с моей стороны.

Когда я взобрался на вершину, солнце уже садилось, и пологие склоны холма с одного бока были золотисто-зелеными, с другого — тонули в серой тени. Вдали, над самым горизонтом, низко стлалась мглистая дымка, из которой проступали фантастические очертания Лисьего столба. Кругом ни звука, ни движения. Только какая-то большая серая птица — не то чайка, не то кроншнеп — высоко парила в синем небе. Она и я — мы были единственными живыми существами между огромным небосводом и расстилающейся под ним пустыней. Голые просторы болот, безлюдье, неразгаданная тайна и важность предстоящей мне задачи — все это пронизало холодом мое сердце. Мальчугана нигде не было видно. Но между холмами, у самых ног, ютились древние каменные пещеры, и в середине их круга была одна, уцелевшие своды которой могли служить защитой в непогоду. У меня забилось сердце, когда я увидел ее. Вот в этой норе, должно быть, и прячется тот человек. Наконец-то моя нога ступит на порог его убежища — он у меня в руках!

Я крадучись подходил к этой каменной дыре — точь-в-точь как Стэплтон, когда его сачок уже занесен над бабочкой! И, подойдя ближе, с удовлетворением убедился, что место здесь обжитое. К отверстию, служившему входом, вела еле заметная среди камней тропинка. Из самой пещеры не доносилось ни звука. Неизвестный или притаился там, или же рыщет по болотам. Нервы у меня были натянуты до предела в ожидании предстоящей встречи. Отбросив в сторону папиросу, я сжал рукоятку револьвера, быстро подошел ко входу и заглянул внутрь. Пещера была пуста.

Но чутье не обмануло меня: тут явно кто-то жил. На каменном ложе, где когда-то почивал неолитический человек, лежали одеяла, завернутые в непромокаемый плащ. В примитивном очаге виднелась кучка золы. Рядом с ним стояли кое-какие кухонные принадлежности и ведро, до половины налитое водой. Груда пустых консервных банок свидетельствовала о том, что здесь живут уже не первый день, а когда глаза мои привыкли к полутьме, я разглядел в углу железную кружку и початую бутылку виски. Посередине лежал плоский камень, служивший столом, а на нем — маленький узелок, вероятно тот самый, который я разглядел в подзорную трубу у мальчишки за спиной. В узелке был хлеб и две консервные банки — одна с копченым языком, другая с персиками в сиропе. Осмотрев все это, я хотел было положить узелок обратно, как вдруг сердце у меня так и екнуло: на камне лежал листок бумаги, на котором было что-то написано. Я взял его и, с трудом разобрав карандашные каракули, прочел следующее:

Доктор Уотсон уехал в Кумби-Треси.

Минуту я стоял неподвижно с запиской в руках и раздумывал над смыслом этого краткого послания. Выходит, что незнакомец охотится не за сэром Генри, а за мной? Он выслеживает меня не сам, а приставил ко мне кого-то другого — может быть, этого мальчика? И вот его последнее донесение. С тех пор как я живу здесь, за каждым моим шагом, вероятно, ведется слежка. Ведь все это время меня не оставляло ощущение, что здесь действуют какие-то невидимые силы и что они осторожно и умело стягивают вокруг нас тончайшую сеть, легкое прикосновение которой мы чувствуем на себе лишь изредка, в самые критические минуты.

Эта записка, вероятно, не единственная. Я огляделся по сторонам, но ничего больше не нашел. Не удалось мне обнаружить и какие-либо следы, по которым можно было бы судить об этом человеке, избравшем себе столь странное жилье, или о его намерениях. О нем можно было сказать только то, что он, по-видимому, спартанец в своих привычках и не придает особого значения жизненным удобствам. Вспомнив ливни последних дней и посмотрев на зияющую дыру в своде пещеры, я понял, насколько этот человек поглощен своим делом, если ради него он мирится даже с таким неуютным пристанищем. Кто же он — наш злобный враг или ангел-хранитель? И я дал себе клятву не выходить из пещеры, не узнав всего до конца.

Солнце уже пряталось, и небо на западе горело золотом. Отсветы заката ложились красноватыми пятнами на разводья далекой Гримпенской трясины. Вдали поднимались башни Баскервиль-холла, а в стороне от них еле виднелся дымок, встающий над крышами

Гримпена. Между ним и Баскервиль-холлом, за холмом, стоял дом Стэплтонов. Золотой вечерний свет придавал всему столько прелести и безмятежного покоя! Но мое сердце не верило миру, разлитому в природе, и трепетало от той страшной неизвестности, которую таила в себе неминуемая, приближающаяся с каждой секундой встреча. Нервы у меня были натянуты, но я сидел, полный решимости, в темной пещере и с угрюмым упорством ждал возвращения ее обитателя.

И наконец я услышал его. Вот камень попал ему под каблук. Еще раз… еще… шаги все ближе, ближе… Я отскочил в самый темный угол и взвел курок револьвера, решив не показываться на свет до тех пор, пока мне не удастся хоть немного рассмотреть этого человека. Снаружи все смолкло; по-видимому, он остановился. Потом шаги послышались снова, и вход в пещеру заслонила чья-то тень.

— Сегодня такой чудесный вечер, дорогой Уотсон, — сказал хорошо знакомый мне голос. — Зачем сидеть в духоте? На воздухе гораздо приятнее.

Глава XII. Смерть на болотах

Минуту или две я стоял, не веря своим ушам, и не мог перевести дух от неожиданности. Потом дар речи вернулся ко мне, и я почувствовал, как огромная тяжесть спала у меня с плеч. Этот холодный, язвительный голос мог принадлежать только одному человеку во всем мире.

— Холмс! — крикнул я. — Холмс!

— Выходите, — сказал он, — и, пожалуйста, поосторожнее с револьвером.

Я вылез из пещеры и увидел его. Холмс сидел на камне и с озорным блеском в серых глазах смотрел на мою изумленную физиономию. Он сильно похудел за это время, но вид у него был бодрый, спокойный, лицо — бронзовое от загара. Строгий спортивный костюм, кепи — ни дать ни взять турист, странствующий по болотам! Он даже остался верен своему поистине кошачьему пристрастию к чистоплотности: гладко выбритые щеки, рубашка без единого пятнышка. Как будто все это происходило на Бейкер-стрит!

— Кто другой мог бы так обрадовать меня своим появлением! — сказал я, крепко пожимая ему руку.

— А заодно и удивить?

— Да, вы правы.

— Но, уверяю вас, друг мои, удивились не вы один Я и не подозревал, что вам удалось найти мое временное пристанище, и никак не думал застать вас здесь. Это выяснилось всего лишь за двадцать шагов до пещеры.

— Вы узнали мои следы?

— Нет, Уотсон! Боюсь, что это непосильная задача — различить ваши следы среди множества других, которые существуют на свете. Если же в будущем вы захотите как-нибудь провести меня, то советую вам сначала переменить табачный магазин, ибо стоит только мне увидеть папиросу с маркой «Бредли. Оксфорд-стрит», как я сразу же догадаюсь, что мой друг Уотсон находится где-то поблизости. Вон он, ваш окурок, валяется около тропинки. Вы, вероятно, бросили его в ту минуту, когда решили взять приступом мое пустое жилье?

— Совершенно верно.

— Так я и думал... И, зная ваш дотошный характер, догадался, что вы устроили в пещере засаду и ждете возвращения ее обитателя, держа револьвер наготове. Так вы в самом деле приняли меня за преступника?

— Я не знал, кто вы такой, но решил выяснить

— Великолепно, Уотсон! А как вам удалось отыскать мое жилье? Вы, вероятно, увидели меня во время погони за каторжником, когда я по собственной оплошности позволил луне светить мне в спину?

— Да, я вас увидел тогда.

— И стали обыскивать все пещеры подряд, пока не наткнулись на эту?

— Нет, меня навел на след ваш мальчишка — за ним тут кое-кто наблюдает.

— А! Старый джентльмен с подзорной трубой! Я видел, как солнце поблескивает на ее линзе, и сначала не мог догадаться, что это за штука. — Он встал и заглянул в пещеру. — Ага, Картрайт уже побывал здесь. Что это за бумажка? Так вы ездили в Кумби-Треси?

— Да.

— Повидаться с миссис Лаурой Лайонс?

— Совершенно верно.

— Прекрасно! В своих розысках мы с вами, очевидно, двигались по параллельным линиям. Что ж, теперь надо поделиться добытыми сведениями, и тогда у нас будет более или менее ясное представление об этом деле.

— Я страшно рад, что вы здесь! У меня уже нервы начали сдавать под бременем всех этих тайн и ответственности, которая лежала на мне. Но как вы сюда попали и что вы здесь делаете? А я-то думал, что Холмс сидит на Бейкер-стрит и трудится над делом о шантаже!

— Я хотел, чтобы вы именно так и думали.

— Значит, вы пользуетесь моей помощью и в то же время не доверяете мне! — рассердился я. — Это незаслуженно, Холмс!

— Друг мой, и в теперешнем деле и во многих других ваша помощь была для меня бесценна. Если вам кажется, что я вас как-то надул, умоляю, не сердитесь! Откровенно говоря, я пошел на это отчасти ради вас же самих. Я чувствовал, что вы подвергаетесь опасности, и приехал сюда лично расследовать это дело. Если б я был вместе с сэром Генри и с вами, моя точка зрения ничем не отличалась бы от вашей, да и противники наши были бы начеку. Приезд в Баскервиль-холл меня очень связал бы, а так я мог действовать совершенно свободно, оставаясь за кулисами и готовясь выступить на сцену в самую критическую минуту.

— Но зачем вам понадобилось скрываться и от меня?

— Если б вы знали, что я здесь, это ничему бы на помогло и, может быть, даже кончилось моим разоблачением. Вам, наверно, захотелось бы рассказать мне что-нибудь или же вы, по свойственной вам доброте, вдруг вздумали бы обставлять меня здесь удобствами. Зачем подвергаться ненужному риску? Я привез с собой Картрайта — помните мальчугана из Рассыльной конторы? — и он великолепно обслуживает меня. А вы знаете мои скромные требования: кусок хлеба, чистый воротничок, что еще человеку нужно? Кроме того, Картрайт — это лишняя пара глаз и лишняя пара ног, весьма быстрых. То и другое оказалось для меня просто кладом.

— Значит, все мои отчеты писались впустую! — сказал я дрогнувшим голосом, вспомнив, сколько труда и гордости этим трудом было вложено в них.

Холмс вынул из кармана пачку писем:

— Вот ваши отчеты, друг мой, изученные самым тщательным образом, в чем вы можете не сомневаться. Я так хорошо все устроил, что они попадали ко мне с опозданием только на один день. Примите мои горячие поздравления. Упорство и наблюдательность, которые вы проявили в таком необычайно трудном деле, выше всякой похвалы.

Я все еще никак не мог примириться с тем, что меня так ловко провели, но теплые слова Холмса рассеяли мою досаду. Кроме того, в глубине души я чувствовал правоту моего друга и признавал, что в интересах дела мне не следовало знать о его появлении в здешних местах.

— Ну, то-то же! — сказал он, глядя на мое просветлевшее лицо. — А теперь расскажите мне о своем визите к миссис Лауре Лайонс. Я сразу догадался, к кому вы поехали, ибо теперь мне уже ясно, что это единственный человек в Кумби-Треси, от которого мы можем кое-чего добиться. Откровенно говоря, если б вы не побывали там сегодня, я, по всей вероятности, отправился бы к ней завтра сам.

Солнце уже спряталось, над болотами сгустились сумерки. В воздухе сразу похолодало, и мы перешли в пещеру. И там, сидя в полутьме рядом с Холмсом, я рассказал ему о своем разговоре с миссис Лайонс. Он так заинтересовался им, что многое мне пришлось повторять по два раза.

— Это все очень важно, — сказал Холмс, когда я кончил. — Дело чрезвычайно сложное, и в нем был один пробел, который до сих пор мне никак не удавалось заполнить. Вы, вероятно, знаете, что Стэплтон в большой дружбе с миссис Лайонс?

— Нет, о дружбе я ничего не слыхал.

— Это факт. Они встречаются, обмениваются письмами — вообще между ними полное согласие, что дает нам крупный козырь в руки. Если б пустить этот козырь в ход, чтобы воздействовать на его жену…

— Его жену?

— Теперь я поделюсь кое-чем с вами в обмен на ваши открытия. Женщина, которую он выдает здесь за мисс Стэплтон, на самом деле его жена.

— Боже мой, Холмс! Вы уверены в этом? Тогда как же он допустил, чтобы сэр Генри влюбился в нее?

— Романтические чувства сэра Генри грозят бедой только самому сэру Генри. Как вы заметили, Стэплтон всячески оберегает ее от ухаживаний баронета. Повторяю, эта леди не сестра, а жена Стэплтона.

— Но зачем понадобились такие хитросплетения?

— А вот зачем: Стэплтон предвидел, что она будет гораздо полезнее ему в роли свободной женщины.

Все мои неясные подозрения, все подсказанное чутьем вдруг выплыло наружу и сомкнулось вокруг натуралиста. От этого спокойного, бесцветного человека в соломенной шляпе и с сачком для ловли бабочек веяло чем-то грозным. Выдержка и терпение, сопряженное с хитростью, на губах улыбка, а в сердце черная злоба…

— Значит, это и есть наш противник? Значит, он и выслеживал нас в Лондоне?

— Да, так я разгадал эту загадку.

— А предостережение… Его прислала она?

— Совершенно верно.

Из мрака, в котором я так долго блуждал, выступили наполовину увиденные, наполовину угаданные мною очертания чудовищного злодейства.

— Неужели это верно, Холмс? Откуда вы узнали, что она его жена?

— В первую свою встречу с вами Стэплтон настолько увлекся, что поведал вам часть своей биографии, о чем, вероятно, не перестает жалеть до сих пор. У него действительно была школа на севере Англии. А ведь отыскать учителя — самое простое дело. На этот предмет существуют школьные агентства, которые дадут вам сведения о любом лице, связанном с этой профессией. Я навел справки и вскоре узнал, что действительно в одной школе разыгрались очень неприятные события и что директор ее — фамилия у него была другая — скрылся вместе с женой. Все их приметы совпадали в точности. А когда мне стало известно его увлечение энтомологией,[1] тут уж я совсем перестал сомневаться.

Тьма, окутывавшая меня, мало-помалу начинала редеть, но многое еще оставалось в тени

— Если эта женщина его жена, то при чем тут миссис Лаура Лайонс? — спросил я.

— Это один из пунктов, на который вы сами пролили некоторый свет. После вашей поездки в Кумби-Треси многое стало ясным. Я, например, не знал, что миссис Лайонс хочет развестись с мужем. Она, вероятно, рассчитывает на брак со Стэплтоном — ведь ей невдомек, что он женат.

— А когда она узнает правду?

— Тогда эта леди может оказаться весьма полезной для нас. Нам обоим нужно завтра же повидать ее. А теперь, Уотсон, как вы думаете, не пора ли вам вернуться к своим обязанностям? Ваше место в Баскервиль-холле.

Последние красные отблески заката погасли на западе, и на болота спустилась ночь. В лиловатом небе слабо мерцали редкие звезды.

— Еще один, последний, вопрос, Холмс, — сказал я, вставая. — Нам нечего скрывать друг от друга. Что все это значит? К чему он ведет?

Холмс ответил мне глухим голосом:

— К убийству, Уотсон… хладнокровно обдуманному убийству. Не допытывайтесь с подробностях. Стэплтон затягивает в свои сети сэра Генри, а я затягиваю его самого. Он почти у меня в руках, с вашей помощью. Теперь нам угрожает только одна опасность — он может нанести удар первым. Еще день, самое большее два, и у меня все будет готово, а до тех пор берегите сэра Генри, как любящая мать бережет больного ребенка. Ваше отсутствие сегодня вполне

---

[1] Энтомология — отдел зоологии, посвященный насекомым.

простительно, и все же я бы, пожалуй, предпочел, чтобы вы не оставляли его... Слышите?

Страшный протяжный вопль, полный ужаса и муки, пронесся над безмолвными болотами. Я слушал его и чувствовал, как у меня стынет кровь в жилах.

— Боже мой! Что это? Что это такое?

Холмс вскочил с места, и его высокая фигура заслонила от меня вход в пещеру. Он стал там, пригнувшись, вытянув шею, напряженно вглядываясь в темноту, и только успел бросить мне шепотом:

— Тише! Тише!

Этот крик, поразивший нас своей пронзительностью, шел из глубины беспросветно темных болот. Но вот он послышался ближе, явственнее...

— Где это? — шепнул Холмс, и по тому, как дрогнул у него голос — у него, у человека с железными нервами! — я понял, что этот вопль проник ему в самую душу. — Где кричат, Уотсон?

— По-моему, в той стороне. — Я протянул руку, показывая в темноту.

— Нет, вон там!

Мучительный крик снова пронесся в безмолвной ночи, но теперь он был еще ближе, еще громче. И к нему примешивались какие-то другие звуки — глухое низкое рычание, напоминающее чем-то непрестанный рокот моря.

— Это собака! — крикнул Холмс. — Бежим, Уотсон, бежим! Боже мой! Только бы не опоздать!

Он бросился в темноту, я следом за ним. И вдруг где-то впереди, за валунами, раздался отчаянный вопль, потом глухой, тяжелый стук. Мы остановились, прислушиваясь. Но больше ничто не нарушало давящей тишины безветренной ночи.

Я увидел, как Холмс, словно обезумев, схватился за голову и топнул ногой о землю:

— Он опередил нас, Уотсон! Мы опоздали!

— Нет, этого не может быть!

— Чего я медлил, дурак! И вы тоже хороши, Уотсон! Оставили Баскервиля одного, и вот чем все кончилось! Нет, если поправить ничего нельзя, я все равно отомщу негодяю!

Не разбирая дороги, мы бросились туда, откуда донесся этот страшный крик. Мы взбирались вверх по склонам, сбегали вниз, натыкались в темноте на валуны, продирались сквозь заросли дрока. С вершины каждого холма мой друг быстро оглядывался по сторонам, но болота покрывал густой мрак, и на их угрюмой шири нельзя было приметить ни малейшего движения.

— Вы что-нибудь видите?

— Ничего.

— Подождите! Что это?

До нас донесся приглушенный стон. Он шел откуда-то слева. Каменная гряда круто обрывалась там вниз, переходя в усеянный валунами склон, и среди валунов лежало что-то темное. Мы подбежали ближе, и темный предмет принял более ясные очертания. Это был человек, лежащий на земле лицом вниз. Он словно готовился сделать кульбит — подвернутая под каким-то невероятным углом голова, приподнятые плечи, округленная линия спины. Нелепость этой позы помешала мне в первую минуту осознать, что его стон был предсмертным. Мы стояли, наклонившись над ним, и не слышали ни хрипа, не могли уловить ни шороха. Холмс тронул неподвижное тело, вскрикнул в ужасе и тут же отдернул руку. Зажженная спичка осветила его окровавленные пальцы и страшную лужу, медленно расплывавшуюся из-под разбитого черепа мертвеца. И сердце у нас замерло — при свете спички мы увидели, что перед нами лежит сэр Генри Баскервиль!

Разве можно было забыть этот необычный красновато-коричневый костюм — тот самый, в котором баронет впервые появился на Бейкер-стрит! Нам достаточно было секунды, чтобы узнать его, а потом спичка вспыхнула и погасла так же, как погасла в нас последняя искра надежды. Холмс застонал, и я даже в темноте разглядел, какой бледностью покрылось его лицо.

— Мерзавец! Мерзавец! — Руки у меня сами собой сжались в кулаки. — Холмс, я никогда не прощу себе, что оставил его на произвол судьбы!

— Моя вина больше, Уотсон. Я пожертвовал жизнью клиента только ради того, чтобы подытожить, так сказать, закруглить, это дело. Я не помню другого такого удара за всю свою практику. Но кто мог знать, кто мог знать, что, несмотря на все мои предостережения, он рискнет выйти один на болота!

— И мы слышали его крик — боже мой, какой крик! — и не могли сразу прийти ему на помощь! Но куда делась эта чудовищная собака — виновница его смерти? Может быть, она и сейчас где-нибудь здесь? И где Стэплтон? Он ответит за это!

— Да, он ответит за все, об этом я позабочусь. И дядя и племянник — оба убиты. Один умер от страха, только увидев перед собой это чудовище, которое он считал сверхъестественным существом, другой погиб, спасаясь от него бегством. Но теперь нам надо доказать, что между этим человеком и собакой есть связь. Мы слышали ее вой, но это еще не доказательство, так как сэр Генри, вероятно, разбился при падении. И все же, клянусь, как ни хитер наш противник, а завтра он будет у меня в руках!

Потрясенные внезапной непоправимой бедой, положившей столь грустный конец нашим долгим и нелегким трудам, мы стояли возле изуродованного тела. Потом, когда из-за туч показалась луна, поднялись на каменную гряду, с которой упал наш несчастный друг, и оглядели оттуда серебрившиеся в лунном свете болота. Вдали, где-то около Гримпена, виднелся желтый огонек. Он мог гореть только в уединенном жилище Стэплтонов. Я с проклятием погрозил в ту сторону кулаком:

— Чего мы ждем? Надо схватить его немедленно!

— Дело еще не закончено, а он человек осторожный, хитрый. Мало ли что мы знаем, а вот попробуйте доказать это. Один неосторожный шаг — и негодяй ускользнет от нас.

— Так что же тогда делать?

— На завтра забот у нас хватит. А сегодня нам остается только оказать последнюю услугу несчастному сэру Генри.

Мы спустились по крутому откосу и подошли к бесформенной черной груде, лежавшей на посеребренных луной камнях. При виде этого мучительно скорченного тела сердце у меня сжалось от боли и глаза заволокло слезами.

— Придется послать за помощью, Холмс. Мы не донесем его до дому… Боже мой, что с вами? Вы сошли с ума!

Холмс вскрикнут и наклонился над телом сэра Генри. И вдруг начал приплясывать, с хохотом тряся мне руку. Неужели это мой строгий, всегда такой сдержанный друг? Вот что бывает, когда скрытое пламя прорывается наружу!

— Борода! У него борода!

— Борода?

— Это не сэр Генри!.. Боже, да это мой сосед — каторжник!

Мы с лихорадочной быстротой перевернули тело, и окровавленная борода уставилась теперь прямо в холодный яркий лик луны. Сомнений быть не могло! Низкий лоб, глубоко запавшие, как у обезьяны, глаза. Это было то же лицо, которое при свете свечи мелькнуло передо мной в расселине, — лицо убийцы Селдена!

И тут я понял все. Я вспомнил, что баронет подарил Бэрримору чуть ли не весь свой старый гардероб. Значит, Бэрримор отдал его Селдену, чтобы тот переоделся к отъезду. Башмаки, рубашка, кепи — все носил когда-то сэр Генри. Правда, трагедия оставалась трагедией, но ведь этот человек так или иначе заслужил смерть по законам нашей страны. Сам не свой от радости, я объяснил Холмсу, как все это получилось.

— Значит, несчастный погиб из-за костюма, — сказал он. — Собаке, конечно, дали понюхать какую-нибудь вещь сэра Генри — по всей вероятности, тот самый башмак, который был украден в отеле, — и пустили ее по следам каторжника. Остается невыясненным только одно: каким образом Селден увидел в темноте, что за ним кто-то гонится?

— Наверно, услышал.

— Услышал, что по болотам бегает собака, и стал звать на помощь, рискуя быть пойманным? Нет, каторжника этим не напугаешь. Так вот: как Селден мог увидеть, что за ним гонится собака?

— А по-моему, есть вещи более странные. Почему эту собаку... предполагая, что наши догадки правильны...

— Я ничего такого не предполагаю.

— Хорошо. Почему эту собаку выпустили на болота сегодня ночью? Вряд ли она всегда пользуется такой свободой. Стэплтон, вероятно, ждал, что сэр Генри придет сюда.

— Моя загадка труднее. На вашу мы скоро получим ответ, а моя, вероятно, так и останется неразгаданной. А теперь давайте решим, что нам делать с этим несчастным. Нельзя же оставлять его здесь на съедение лисицам и коршунам.

— Пусть полежит в какой-нибудь пещере, пока мы не сообщим в полицию.

— Правильно. Туда-то мы его во всяком случае донесем. Смотрите, Уотсон! Что это? Неужели он сам? Нет, какова дерзость!.. Ни слова о наших подозрениях, ни единого слова! Не то все мои планы рухнут.

Из глубины болот к нам приближался человек. Он курил сигару, огонек которой тускло мерцал вдали. Луна ярко освещала его, и я сразу узнал щуплую фигуру и быструю, подпрыгивающую походку натуралиста. Увидев нас, он остановился, потом снова зашагаю вперед.

— Доктор Уотсон! Нежели это вы? Вот уж никак не думал встретить вас ночью на болотах! Боже мой, кто это? Что случилось? Нет, не может быть! Неужели это наш друг, сэр Генри?

Стэплтон пробежал мимо меня и нагнулся над трупом...

Я услышал прерывистый вздох, сигара выпала из его руки на землю.

— Кто... кто это? — запинаясь, пробормотал он — Это Селден, каторжник, сбежавший из принстаунской тюрьмы.

Стэплтон повернул к нам мертвенно-бледное лицо. Ему стоило громадного усилия воли овладеть собой и ничем не выдать своего удивления и разочарования. Его пристальный взгляд остановился сначала на Холмсе, потом на мне.

— Боже мой, какой ужас! Как это случилось?

— Должно быть, свалился вон с того откоса и сломал себе шею. Мы с приятелем гуляли по болотам и услышали чей-то крик.

— А я на этот крик и вышел из дому. Меня беспокоил сэр Генри.

— Почему именно сэр Генри? — не удержался я.

— Он должен был зайти к нам сегодня и почему-то не пришел, что меня очень удивило. А когда я услышал на болотах крики, то, естественно, встревожился за него. Кстати, — Стэплтон снова перевел взгляд с меня на Холмса, — кроме этих криков, вы ничего не слышали?

— Нет, — сказал Холмс. — А вы?

— Тоже нет.

— Тогда зачем об этом спрашивать?

— Ах, вы же знаете, что у нас тут рассказывают о призрачной собаке и тому подобных чудесах! Здешние фермеры говорят, будто бы она бегает каждую ночь по болотам. Вот я и интересуюсь: может быть, вы слышали ее?

— Нет, мы ничего такого не слышали, — сказал я.

— А как вы объясните гибель этого несчастного?

— Я уверен, что у него помутился рассудок от страха, от постоянной опасности быть пойманным. Вероятно, бегал по болотам в припадке сумасшествия и в конце концов упал под откос и сломал себе шею.

— Да, это вполне правдоподобно, — сказал Стэплтон и вздохнул с явным облегчением. — А что об этом думаете вы, мистер Шерлок Холмс?

— Какая догадливость! — сказал мой друг, отвесив ему низкий поклон.

— Мы давно вас поджидаем, с тех самых пор, как здесь появился доктор Уотсон. И вы вовремя приехали — как раз к трагедии.

— Да, в самом деле! Я уверен, что мой друг даст ей правильное объяснение. А я уеду завтра в Лондон с неприятным осадком в душе.

— Как! Вы завтра уезжаете?

— Собираюсь.

— Но ваш приезд, конечно, прольет свет на все эти события, которые поставили нас буквально в тупик.

Холмс пожал плечами:

— Успех не всегда дается нам в руки. При расследовании надо опираться на факты, а не на легенды и слухи. У меня что-то ничего не получается из этого дела.

Мой друг говорил самым естественным и самым спокойным тоном. Стэплтон взглянул на него внимательно, пристально. Потом обратился ко мне:

— Я охотно предложил бы перенести тело к нам в дом, но моя сестра так перепугается, что, пожалуй, лучше этого не делать. Давайте прикроем ему чем-нибудь лицо и оставим здесь. До утра с ним ничего не случится.

Так и было сделано. Мы с Холмсом отклонили предложение Стэплтона зайти в Меррипит-хаус и, предоставив ему возвращаться домой в одиночестве, пошли к Баскервиль-холлу. Пройдя несколько шагов, мы оглянулись и увидели его фигуру, медленно удаляющуюся в глубь болот, а дальше, позади нее, единственное черное пятно на посеребренном луной склоне — там, где лежал погибший такой страшной смертью человек.

— Наконец-то мы схватились врукопашную! — сказал Холмс, шагая рядом со мной. — Но какая выдержка! Как быстро он овладел собой! А ведь удар был поистине ошеломляющий — увидеть, что твоей жертвой пал совсем не тот человек, которого ты намечал. Я, Уотсон, говорил вам об этом в Лондоне и повторяю сейчас: нам еще не приходилось скрещивать рапиры с более достойным противником.

— Все-таки жалко, что он нас увидел!

— Я сначала сам об этом пожалел! Но, в конце концов, что ж поделаешь!

— А как вы думаете, встреча с вами отразится на его планах?

— Да, он будет действовать с еще большей осторожностью или же решится на какой-нибудь отчаянный шаг. Как и большинство незаурядных преступников, Стэплтон, вероятно, слишком полагается на свою хитрость и воображает, что обвел нас вокруг пальца.

— Почему же вы не хотите арестовать его?

— Мой дорогой Уотсон! Вы человек действия. Ваши инстинкты толкают вас на самые решительные меры. Ну хорошо, допустим, что ночью он будет арестован. А что это даст нам? Мы ничего не сможем доказать. Вот в чем дьявольская хитрость этого замысла! Если б пособником Стэплтона был человек, мы бы раздобыли кое-какие улики, но попробуйте вытащить на свет божий огромного пса! Разве это поможет нам затянуть петлю на шее его хозяина?

— Но ведь состав преступления налицо?

— Ничего подобного! Все это одни догадки и предположения. Нас поднимут на смех в суде, если мы явимся туда с такой фантастической историей и подкрепим ее такими уликами.

— А сэр Чарльз?

— Найден мертвым, следов насильственной смерти не обнаружено. Мы-то с вами знаем, что он умер от страха, и знаем, что его напугало. Но как убедить в этом тех двенадцать тупиц, которые будут присяжными заседателями? На чем основано предположение, что тут замешана какая-то собака? Где следы ее укусов? Мы с вами опять-таки знаем, что собаки не кусают мертвых и что сэр Чарльз умер до того, как она на него кинулась. Но ведь это надо доказать, а доказывать нам нечем.

— Ну, а сегодняшняя ночь?

— Она ничего особенного не дала. Прямой связи между собакой и гибелью каторжника все-таки нет. Никто этой собаки не видел. Правда, мы ее слышали, но у нас нет доказательств, что она гналась за каторжником. Полное отсутствие мотивировки! Нет, друг мой, факт остается фактом: состава преступления мы установить не можем, но, чтобы сделать это, стоит пойти на любой риск.

— Что же вы намерены предпринять?

— Я возлагаю большие надежды на миссис Лауру Лайонс. Когда истинное положение дел станет ей известно, она окажет нам серьезную помощь. Кроме того, у меня есть и другой план. Но не надо загадывать вперед, хотя я все-таки надеюсь, что завтра победа будет за мной.

Больше мне ничего не удалось выведать от Холмса, и до самых ворот Баскервиль-холла он шел молча, погруженный в свои думы.

— Вы зайдете?

— Да. Теперь уж не имеет смысла скрываться. Но еще одно слово, Уотсон. Не говорите сэру Генри о собаке. Пусть приписывает смерть Селдена тем же причинам, которые старался подсказать нам Стэплтон. Так ему будет легче перенести то испытание, что ждет его завтра, когда он пойдет обедать в Меррипит-хаус, если я правильно цитирую ваш последний отчет.

— Но меня тоже туда звали.

— Тогда вам придется отказаться от приглашения. Пусть идет один, это легко устроить… Ну-с, так. К обеду мы, наверно, опоздали, но к ужину пришли в самый раз.

Глава XIII. Сети расставлены

Сэр Генри не столько удивился, сколько обрадовался своему новому гостю, так как был уверен, что, узнав о событиях последних дней, Шерлок Холмс не усидит в Лондоне. Тем не менее баронет изумленно поднял брови, когда выяснилось, что мой друг явился без багажа и даже не дает себе труда объяснить его отсутствие. Холмса тут же снабдили всем необходимым, и за поздним ужином мы поведали баронету ту часть своих приключений, которую ему следовало знать. Но до этого мне пришлось выполнить одну тяжкую обязанность — сообщить Бэрримору и его жене о гибели Селдена. Дворецкий принял это известие с нескрываемым чувством облегчения, но миссис Бэрримор горько плакала, закрыв лицо передником. В глазах всего мира этот Селден был преступником, чем-то средним между дьяволом и зверем, а она по-прежнему видела в нем озорного мальчугана, ребенка, цеплявшегося в детстве за ее руку. Поистине чудовищем должен быть человек, если не найдется женщины, которая оплачет его смерть!

— С тех пор как вы уехали, Уотсон, я все сижу дома и пропадаю с тоски, — сказал баронет. — Надеюсь, такое послушание мне зачтется? Если б не данное вам слово не выходить на болота, я бы провел вечер гораздо веселее, потому что Стэплтон прислал мне записку с приглашением.

— Да, вы провели бы вечер гораздо веселее, я в этом не сомневаюсь, — сухо сказал Холмс. — Кстати, вы, вероятно, не цените, что, глядя на человека со сломанной шеей, мы оплакивали вас?

Сэр Генри широко открыл глаза:

— Это почему же?

— Потому, что злосчастный каторжник был в костюме с вашего плеча. Он получил его от Бэрримора, у которого могут быть из-за этого серьезные неприятности с полицией.

— Нет, вряд ли. Насколько я помню, там не было никаких меток.

— Ну что ж, его счастье, да и ваше тоже, поскольку вы все замешаны в противозаконных деяниях. В сущности говоря, мне как добросовестному сыщику следовало бы немедленно арестовать всю вашу компанию. Обличающим документом могут послужить письма Уотсона.

— Расскажите лучше, как обстоит наше дело? — спросил баронет. — Удалось ли вам разобраться в этой путанице? Мы с Уотсоном с чем приехали, с тем и сидим — ничего не разузнали.

— Я думаю, что в самом ближайшем будущем многое выяснится. Дело на редкость трудное и запутанное. Для меня некоторые пункты до сих пор покрыты мраком… Но он рассеется, непременно рассеется.

— Уотсон, вероятно, уже рассказывал вам о том, что мы слышали на болотах. Так что это не пустое суеверие. Мне в свое время приходилось иметь дело с собаками, и тут меня не проведешь — собачий вой нельзя не узнать. Если вам удастся надеть намордник на этого пса и посадить его на цепь, то я буду считать вас величайшим сыщиком в мире.

— Будет он и в наморднике, будет и на цепи, только помогите мне.

— Я сделаю все, что вы прикажете.

— Прекрасно! Но я потребую слепого повиновения без всяких «зачем» и «почему».

— Как вам будет угодно.

— Если вы соглашаетесь на это, тогда мы разрешим нашу задачу. Я не сомневаюсь, что…

Холмс осекся на полуслове и устремил пристальный взгляд куда-то поверх моей головы. Лампа светила ему прямо в лицо — неподвижное, застывшее, словно лицо классической статуи. Оно было олицетворением тревоги и настороженности.

— Что случилось? — в один голос воскликнули мы с сэром Генри.

Холмс перевел взгляд на нас, и я почувствовал, что он старается подавить свое волнение. Его лицо по-прежнему ничего не выражало, но глаза светились торжеством.

— Простите меня, но я не мог сдержать свой восторг, — сказал он, показывая на портреты, висевшие на противоположной стене. — Уотсон утверждает, что я ничего не смыслю в живописи, но это в нем говорит чувство соперничества, так как мы расходимся в своих оценках произведений искусства. А портреты на самом деле великолепные.

— Рад слышать, — сказал сэр Генри, с удивлением глядя на моего друга.

— Я в картинах мало что понимаю. Вот лошадь или бычок — другое дело. Но кто бы мог подумать, что у вас есть время интересоваться искусством!

— Не беспокойтесь, хорошую вещь я всегда замечу. Бьюсь об заклад, что вон та дама в голубом шелковом платье — кисти Неллера. А толстый джентльмен в парике, безусловно, написан Рейнольдсом. Это, вероятно, фамильные портреты?

— Да, все до одного.

— И вы знаете их по именам?

— Бэрримор долго натаскивал меня по этому предмету, и я, кажется, могу ответить свой урок без запинки.

— Кто этот джентльмен с подзорной трубой?

— Это контр-адмирал Баскервиль, служивший в Вест-Индии. А вот тот, в синем сюртуке и со свитком в руках, сэр Вильям Баскервиль, председатель комиссии Палаты общин при Питте.[1]

— А этот кавалер напротив меня, в черном бархатном камзоле с кружевами?

---

[1] Питт Вильям-старший (1708–1778) — английский государственный деятель; с 1766 по 1768 год — премьер-министр.

— О! С ним вы должны познакомиться. Это и есть виновник всех бед — злодей Гуго, положивший начало легенде о собаке Баскервилей. Мы его, вероятно, не скоро забудем.

Я смотрел на портрет с интересом и некоторым недоумением.

— Боже мой! — сказал Холмс. — А ведь по виду он такой спокойный, тихонький. Правда, в глазах есть что-то бесовское. Но я представлял себе вашего Гуго эдаким дюжим молодцом с разбойничьей физиономией.

— Портрет подлинный, в этом не может быть ни малейших сомнений. Сзади на полотне написано его имя и дата — тысяча шестьсот сорок седьмой год.

Весь остальной вечер Холмс говорил мало, но портрет беспутного Гуго словно приковывал его к себе, и за ужином он почти не отрывал от него глаз. Однако ход мыслей моего друга стал ясен мне только тогда, когда сэр Генри ушел к себе. Холмс захватил свечу со своего ночного столика и, вернувшись вместе со мной в пиршественный зал, поднес ее к потемневшему от времени портрету.

— Вы ничего особенного не замечаете?

Я долго рассматривал широкополую шляпу с плюмажем, белый кружевной воротник и длинные локоны, обрамляющие суровое узкое лицо. Это лицо никто не упрекнул бы ни в грубости черт, ни в жестокости выражения, но в поджатых тонких губах, в холодном, непреклонном взгляд» было что-то черствое, чопорное, беспощадное.

— Он никого вам не напоминает?

— В нижней части лица есть что-то общее с сэром Генри.

— Да, пожалуй, чуть-чуть есть. Но подождите минутку!

Он встал на стул и, держа свечку в левой руке, прикрыл согнутой правой широкополую шляпу и длинные локоны.

— Силы небесные! — воскликнул я вне себя от изумления.

С полотна на меня смотрело лицо Стэплтона.

— Ага! Разглядели? Мои-то глаза привыкли отделять самое лицо от того, что его обрамляет. Умение проникать взором за маскировку — основное качество сыщика.

— Поразительно! Как будто его портрет!

— Да, любопытный пример возврата к прошлому и в физическим и в духовном отношении. Вот так начнешь изучать фамильные портреты и, пожалуй, уверуешь в переселение душ. Он тоже Баскервиль, это совершенно очевидно.

— И метит в наследники.

— Безусловно. Этот случайно попавшийся мне на глаза портрет помог нам восполнить один из самых трудных пробелов. Теперь мы его поймали, Уотсон, теперь мы его поймали! И клянусь вам, завтра к ночи он будет биться в наших сетях, как бьются его бабочки под сачком. Булавка, пробка, ярлычок — и коллекция на Бейкер-стрит пополнится еще одним экземпляром.

Холмс громко расхохотался и отошел от портрета. В тех редких случаях, когда мне приходилось слышать его смех, я знал, что это всегда предвещает какому-нибудь злодею большую беду.

Одеваясь на следующее утро, я выглянул в окно и увидел Холмса, который, оказывается, встал еще раньше и уже успел куда-то отлучиться.

— Да, денек у нас будет хлопотливый, — сказал он, радостно потирая руки в предвкушении всех этих хлопот. — Скоро начнем действовать. Сети уже расставлены. А к вечеру будет видно, запуталась в них эта большая зубастая Щука или уже ускользнула на волю.

— Вы уже успели побывать на болотах?

— Я дошел до Гримпена и дал оттуда телеграмму в Принстаун о смерти Селдена. Думаю, что никого из вас не станут беспокоить по этому делу. Кроме того, я связался с моим верным Картрайтом, который от тревоги за меня, по всей вероятности, не замедлил бы умереть на пороге пещеры, как собака на могиле своего хозяина.

— С чего же мы сегодня начнем?

— Прежде всего повидаем сэра Генри. Да вот и он сам!

— С добрым утром, Холмс! — сказал баронет. — Вы похожи на генерала, который обсуждает с начальником штаба план предстоящего сражения.

— Так оно и есть. Уотсон явился за приказаниями.

— Я тоже.

— Прекрасно. Если не ошибаюсь, наши друзья Стэплтоны пригласили вас сегодня к обеду?

— Надеюсь, что вы тоже пойдете? Они люди гостеприимные и будут очень рады вам.

— К сожалению, мы с Уотсоном должны уехать в Лондон.

— В Лондон?

— Да. При данных обстоятельствах нам лучше быть там.

Лицо у баронета вытянулось:

— А я-то думал, что вы не покинете меня до конца! Откровенно говоря, в Баскервиль-холле не так-то уютно одному.

— Друг мой, вы должны повиноваться мне беспрекословно и делать все, что я от вас потребую. Скажите вашим друзьям, что мы пришли бы с удовольствием, но неотложные дела призывают нас в Лондон. Впрочем, мы скоро вернемся в Девоншир. Вы не забудете передать им это?

— Если вы настаиваете.

— Уверяю вас, другого выхода нет.

По тому, как баронет нахмурился в ответ на эти слова, я понял, что он обиделся и считает наш отъезд дезертирством.

— Когда вы думаете выехать? — холодно спросил он.

— Сразу же после завтрака. Мы доедем на лошадях до Кумби-Треси, но Уотсон оставит вам свои вещи в залог, так что ждите его обратно. Уотсон, напишите записочку Стэплтону, извинитесь, что не можете у них быть.

— Мне тоже захотелось уехать в Лондон, — сказал баронет. — Почему я должен сидеть здесь один?

— Потому, что вам нельзя покидать свой пост. Потому, что вы дали слово слушаться меня во всем, а теперь я говорю вам: оставайтесь здесь.

— Хорошо, я останусь.

— Еще одна просьба. Поезжайте в Меррипит-хаус на лошадях. Отошлите экипаж обратно и скажите Стэплтонам, что домой вы пойдете пешком.

— Пешком, через болота?

— Да.

— Но ведь вы же сами столько раз удерживали меня от этого!

— А теперь можете идти совершенно спокойно. Я настаиваю на этом только потому, что уверен в вашем мужестве.

— Хорошо, я так и сделаю.

— И если вы хоть сколько-нибудь дорожите жизнью, не сворачивайте с тропинки, которая ведет от Меррипит-хаус к Гримпенской дороге, тем более что это ближайший путь к Баскервиль-холлу.

— Все будет исполнено в точности.

— Вот и хорошо. А мы постараемся выехать сразу же после завтрака, чтобы попасть в Лондон днем.

Меня очень удивила эта программа действий, хотя я помнил, как накануне вечером Холмс предупреждал Стэплтона о своем отъезде. Но кто бы мог подумать, что ему придет в голову ехать вместе со мной, да еще в такое время, которое он сам считал критическим! Впрочем, мне не оставалось ничего другого, как беспрекословно повиноваться моему другу, и вскоре мы простились с опечаленным баронетом, а через два часа, отослав шарабан домой, вышли на станционную платформу в Кумби-Треси. Там нас ждал небольшого роста мальчик.

— Какие будут приказания, сэр?

— Садись в поезд, Картрайт, и поезжай в Лондон. Как только приедешь, сейчас же дай от моего имени телеграмму сэру Генри Баскервилю. Запроси его, не нашел ли он где-нибудь мою записную книжку, которую я потерял. Если нашел, пусть вышлет ее заказной бандеролью на Бейкер-стрит.

— Слушаю, сэр.

— А сейчас узнай в станционной конторе, нет ли там чего на мое имя.

Мальчик вскоре вернулся с телеграммой. Холмс прочитал ее и протянул мне. Там было написано следующее:

«Телеграмму получил. Выезжаю ордером на арест. Буду пять сорок. Лестрейд».

— Это ответ на мою утреннюю. Лестрейд — лучший сыщик-профессионал, нам может понадобиться его помощь... Ну-с, Уотсон, время у нас есть, и я думаю, что сейчас самое время нанести визит вашей знакомой миссис Лауре Лайонс.

План кампании, составленный Холмсом, прояснялся для меня с каждой минутой. С помощью баронета он убедит Стэплтона, что нас нет здесь, а на самом деле мы вернемся к тому времени, когда наша помощь будет больше всего нужна. Если сэр Генри упомянет о телеграмме, полученной от Холмса из Лондона, это рассеет последние подозрения Стэплтона. И я уже видел мысленно, как наши сети все туже и туже стягиваются вокруг зубастой щуки.

Миссис Лаура Лайонс сидела у себя в рабочей комнате. Шерлок Холмс приступил к разговору с такой прямотой и откровенностью, что у нее широко открылись глаза от изумления.

— Я расследую обстоятельства смерти сэра Чарльза Баскервиля, — начал он. — Мой друг, доктор Уотсон, передал мне все, что вы ему сообщили в связи с этим и о чем предпочли умолчать.

— О чем же я умолчала? — дерзко спросила она.

— Вы признались, что вызывали сэра Чарльза к калитке к десяти часам вечера. Как мы знаем, он умер именно в тот час и на том самом месте. Вы умолчали о связи, существующей между этими двумя фактами.

— Между ними не существует никакой связи.

— В таком случае совпадение получилось поистине поразительное. Но я думаю, что в конце концов мы эту связь установим. Я буду с вами совершенно откровенен, миссис Лайонс. Речь идет об убийстве, а улики по этому делу таковы, что под следствием может оказаться не только ваш друг, мистер Стэплтон, но и его жена.

Миссис Лайонс вскочила с кресла:

— Его жена!

— Это уже ни для кого не тайна. Особа, которую он выдает за свою сестру, на самом деле его жена.

Миссис Лайонс опустилась в кресло и с такой силой впилась пальцами в его ручки, что ногти у нее побелели.

— Его жена! Его жена… Но ведь он холостяк!

Шерлок Холмс пожал плечами.

— Докажите мне это! Докажите! И если сможете… — Яростный блеск ее глаз говорил лучше всяких слов.

— За доказательствами дело не станет, — сказал Шерлок Холмс, вынимая из кармана какие-то бумаги. — Вот фотография этой супружеской четы, снятая четыре года назад в Йорке. На обороте надпись: «М-р и м-с Ванделер», но вы, конечно, узнаете и его и эту женщину, если вам приходилось встречаться с ней. Дальше — три документа, подписанные людьми, заслуживающими всяческого доверия. Это описание мистера и миссис Ванделер, которые содержали некогда частную школу «Сент-Оливер». Прочтите их, и у вас не останется ни малейших сомнений в том, что это действительно знакомые вам люди.

Миссис Лайонс мельком просмотрела лежавшие перед ней бумаги и перевела взгляд на нас. Отчаяние превратило ее лицо в неподвижную маску.

— Мистер Холмс, — сказала она, — этот негодяй обещал жениться на мне, если я получу развод. Значит, нельзя верить ни одному его слову? Значит, он все время обманывал меня? Но зачем? Зачем? Я думала, что он печется только обо мне. А выходит, я была орудием в его руках. Чего ради хранить верность человеку, который так лжет? Чего ради выгораживать его? Пусть поплатится за свое злодейство! Спрашивайте меня о чем угодно, я ничего не утаю. В одном клянусь вам: когда я писала то письмо, мне и не снилось, что это погубит сэра Чарльза, моего лучшего друга!

— Я верю каждому вашему слову, сударыня, — сказал Шерлок Холмс. — Вам, вероятно, очень тяжело рассказывать об этом. Давайте сделаем так: я буду говорить сам и, если ошибусь в чем-нибудь существенном, вы меня поправите. Письмо было написано по наущению Стэплтона?

— Под его диктовку.

— Он, вероятно, говорил вам, что сэр Чарльз возьмет на себя все издержки по бракоразводному процессу?

— Да.

— А потом, когда письмо было отослано, убедил вас не ходить на свидание?

— Он сказал, что перестанет уважать самого себя, если деньги на процесс даст кто-то другой. Клялся, что, несмотря на всю свою бедность, отдаст последнее пенни, лишь бы уничтожить препятствие, которое отделяет нас друг от друга.

— Он, по-видимому, весьма последователен в своих поступках! Итак, о дальнейших событиях вы ничего не слышали и узнали о смерти сэра Чарльза только из газет?

— Да.

— И Стэплтон взял с вас слово, что вы никому не скажете о предполагавшемся свидании?

— Да. Он сказал, что смерть сэра Чарльза произошла при весьма загадочных обстоятельствах и, если о письме узнают, я буду взята на подозрение. Он запугал меня, и я решила молчать.

— Так, понимаю. Но вы все-таки подозревали что-то?

Миссис Лайонс опустила глаза, видимо, не решаясь ответить.

— Я хорошо знаю этого человека, — сказала она наконец. — Но если б он не обманул меня, я бы его не выдала.

— В общем, вы счастливо отделались, — сказал Шерлок Холмс. — Он был в ваших руках и прекрасно знал это, а вы все-таки остались живы. Последние месяцы вы ходили по краю бездны. А теперь, миссис Лайонс, разрешите пожелать вам всего хорошего. Но мы еще, вероятно, увидимся...

— Ну вот, все мало-помалу выясняется, туман редеет, — сказал Холмс, когда мы снова вышли на станционную платформу к приходу лондонского экспресса. — Скоро я смогу пункт за пунктом воссоздать это преступление — пожалуй, самое сенсационное преступление нашего времени. Криминалисты скажут, что нечто подобное уже было, и, конечно, вспомнят убийство в Гродно, на Украине, в 1866 году и Андерсона из Северной Каролины, но у теперешнего нашего дела есть некоторые совершенно своеобразные черты. Мы даже сейчас не можем предъявить прямые улики этому коварному хитрецу. Но помяните мое слово, Уотсон: к тому времени, когда мы ляжем спать, все будет выяснено.

Лондонский экспресс с грохотом подкатил к станции, и из вагона первого класса выскочил на платформу маленький коренастый человек, напоминающий чем-то бульдога. Мы поздоровались, и по той почтительности, с какой Лестрейд относился к моему товарищу, мне стало ясно, что он многое понял с тех пор, как они начали работать вместе. Я прекрасно помнил, сколько презрения вызывали когда-то у этого практика логические выкладки нашего любителя теорий.

— Ну как, крупное дело? — спросил Лестрейд.

— Такого давно не бывало, — сказал Холмс. — У нас в запасе два часа свободного времени. Давайте употребим его на обед, а потом,

Лестрейд, мы угостим вас чистейшим ночным воздухом Дартмура и поможем вам прочистить горло от лондонского тумана. Никогда здесь не были? В таком случае вы не скоро забудете свое первое знакомство с этими местами.

Глава XIV. СОБАКА БАСКЕРВИЛЕЙ

Одним из недостатков Шерлока Холмса — если только это можно назвать недостатком — было то, что он никогда и ни с кем не делился своими планами вплоть до их свершения. Такая скрытность объяснялась отчасти властной натурой этого человека, любившего повелевать окружающими и поражать их воображение, отчасти профессиональной осторожностью, не позволявшей ему рисковать без нужды. Как бы то ни было, эта черта характера Шерлока Холмса доставляла много неприятностей тем, кто работал с ним в качестве его агентов или помощников. Я сам часто страдал от нее, но то, что мне пришлось вытерпеть за это долгое путешествие в темноте, превзошло все мои прошлые муки. Нам предстояло нелегкое испытание, мы были готовы нанести последний, решающий удар, а Холмс упорно молчал, и я мог только догадываться о его планах. Мое нервное напряжение дошло до предела, как вдруг в лицо нам пахнуло холодным ветром, и, глянув в темноту, на пустынные просторы, тянувшиеся по обеим сторонам узкой дороги, я понял, что мы снова очутились на болотах. Каждый шаг лошадей, каждый поворот колес приближал нас к развязке всех этих событий.

В присутствии возницы, нанятого в Кумби-Треси, нельзя было говорить о деле, и мы, несмотря на все свое волнение, беседовали о каких-то пустяках. Я облегченно вздохнул, когда в стороне от дороги показался коттедж Френкленда, от которого оставалось две-три мили до Баскервиль-холла и до того места, где должна была разыграться заключительная сцена трагедии. Не останавливаясь у подъезда, мы проехали к калитке в тисовой аллее, расплатились с возницей, отправили его обратно в Кумби-Треси, а сами пошли по направлению к Меррипит-хаус.

— Вы с оружием, Лестрейд?

Маленький сыщик улыбнулся:

— Раз на мне брюки, значит, и задний карман у них есть, а раз есть задний карман, значит, он не пустует.

— Вот и прекрасно! Мы с Уотсоном тоже приготовились ко всяким неожиданностям.

— Я вижу, вы настроены очень серьезно, мистер Холмс. А что от нас теперь требуется в этой игре?

— Требуется терпение. Будем ждать.

— Действительно, места здесь не очень веселые! — Сыщик повел плечами, глядя на мрачные склоны холмов и туман, озером разлившийся над Гримпенской трясиной. — А вон где-то горит огонек.

— Это Меррипит-хаус — конечная цель нашего путешествия. Теперь попрошу вас ступать как можно тише и говорить шепотом.

Мы осторожно шагали по тропинке, которая вела к дому, но ярдов за двести от него Холмс остановился.

— Дальше не надо, — сказал он. — Вот эти валуны послужат нам прекрасной ширмой.

— Здесь и будем ждать?

— Да, устроим засаду. Станьте вот сюда, Лестрейд. Уотсон, ведь вы бывали в доме? Расположение комнат знаете? Вон те окна с переплетом — что это?

— По-моему, кухня.

— А следующее, ярко освещенное?

— Это столовая.

— Шторы подняты. Вы лучше меня знаете, как туда пройти. Загляните в окно — что они там делают? Только, ради бога, тише. Как бы вас не услышали.

Я подкрался на цыпочках к низкой каменной ограде, окружающей чахлый садик Стэплтонов, и, пробираясь в ее тени, дошел до того места, откуда можно было заглянуть в незанавешенное окно.

В комнате были двое мужчин — сэр Генри и Стэплтон. Они сидели друг против друга за круглым столом, ко мне в профиль, и курили сигары. Перед ними стояли чашки с кофе и вино. Стэплтон оживленно говорил о чем-то, но баронет сидел бледный и слушал его невнимательно. Ему, вероятно, не давала покоя мысль о скором возвращении домой по зловещим болотам.

Но вот Стэплтон встал и вышел из комнаты, а сэр Генри подлил себе вина в стакан и откинулся на спинку стула, попыхивая сигарой. Я услышал скрип двери, потом похрустывание гравия на тропинке. Шаги приближались ко мне. Выглянув из-за стены, я увидел, что натуралист остановился у небольшого сарая в углу сада. Звякнул ключ в замке, и в сарае послышалась какая-то возня. Стэплтон пробыл там не больше двух минут, снова звякнул ключом, прошел мимо меня и исчез в доме. Я увидел, что он вернулся к своему гостю; осторожно пробравшись к товарищам, я рассказал им все это.

— Значит, женщина не с ними? — спросил Холмс, когда я кончил.

— Нет.

— Тогда где же она? Ведь, кроме кухни и столовой, все окна темные.

— Право, не знаю.

Я уже говорил, что над Гримпенской трясиной стлался густой белый туман. Он медленно полз в нашу сторону, окружая нас и справа и слева низким, но плотным валом. Лившийся сверху лунный свет превращал его в мерцающее ледяное поле, над которым, словно черные пики, вздымались верхушки отдаленных гранитных столбов. Холмс повернулся в ту сторону и, глядя на эту медленно подползающую белую стену, нетерпеливо пробормотал:

— Смотрите, Уотсон, туман движется прямо на нас.

— А это нехорошо?

— Хуже некуда! Туман — единственное, что может нарушить мои планы. Но сэр Генри там не задержится. Уже десять часов. Теперь все — и наш успех и даже его жизнь — зависит от того, выйдет ли он прежде, чем туман доползет до тропинки, или нет.

Ночное небо было чистое, без единого облачка Звезды холодно поблескивали в вышине, луна заливала болота мягким неверным светом. Прямо перед нами смутно чернели очертания дома с остроконечной крышей, словно ощетинившейся трубами, которые четко выступали на звездном небе. Широкие золотые полосы падали из окон нижнего этажа в сад и дальше, на болота. Одна из них вдруг погасла. Слуги вышли из кухни. Теперь лампа горела только в столовой, где те двое — убийца-хозяин и ничего не подозревающий гость — покуривали сигары и продолжали свой разговор.

Белая волокнистая пелена, затянувшая почти все болото, с каждой минутой приближалась к дому. Первые прозрачные клочья уже завивались у золотистого квадрата освещенного окна. Дальняя стена сада совсем исчезла в этой клубящейся мгле, над которой виднелись только верхушки деревьев. Вот белесые кольца показались с обеих сторон дома и медленно слились в плотный вал, и верхний этаж с крышей всплыл над ним, точно волшебный корабль на волнах призрачного моря. Холмс яростно ударил кулаком о камень, за которым мы стояли, и вне себя от нетерпения топнул ногой.

— Если он не появится через четверть часа, тропинку затянет туманом, а через полчаса мы уже не сможем разглядеть собственную руку в этой тьме.

— Отойдем немного назад, там выше.

— Да, пожалуй, так и сделаем.

По мере того как туман надвигался на нас, мы отступали все дальше и дальше, пока не очутились в полумиле от дома. Но сплошное белесое море, посеребренное сверху луной, подбиралось и туда, продолжая свое медленное, неуклонное наступление.

— Мы слишком далеко зашли, — сказал Холмс. — Это уже рискованно: его могут настигнуть прежде, чем он дойдет до нас. Ну, будь что будет, останемся здесь.

Он опустился на колени и приложил ухо к земле.

— Слава богу! Кажется, идет!

В тишине болот послышались быстрые шаги. Пригнувшись за валунами, мы напряженно всматривались в подступавшую к нам мутно-серебристую стену. Шаги все приближались, и вот из тумана, словно распахнув перед собой занавес, выступил тот, кого мы поджидали. Увидя над собой чистое звездное небо, он с удивлением осмотрелся по сторонам. Потом быстро зашагал по тропинке, прошел мимо нас и стал подниматься вверх по отлогому склону, начинавшемуся сразу за валунами. На ходу он то и дело оглядывался через плечо, видимо остерегаясь чего-то.

— Тсс! — шепнул Холмс и щелкнул курком, — Смотрите! Вот она!

В самой гуще подползающего к нам тумана послышался мерный, дробный топот. Белая стена была от нас уже ярдах в пятидесяти, и мы трое вперили в нее взгляд, не зная, какое чудовище появится оттуда. Стоя рядом с Холмсом, я мельком взглянул ему в лицо — бледное, взволнованное, с горящими при лунном свете глазами. И вдруг оно преобразилось: взгляд стал сосредоточен и суров, рот приоткрылся от изумления. В ту же секунду Лестрейд вскрикнул от ужаса и упал ничком на землю. Я выпрямился и, почти парализованный тем зрелищем, которое явилось моим глазам, потянулся ослабевшей рукой к револьверу. Да! Это была собака, огромная, черная как смоль. Но такой собаки еще никто из нас, смертных, не видывал. Из ее отверстой пасти вырывалось пламя, глаза метали искры, по морде и загривку переливался мерцающий огонь. Ни в чьем воспаленном мозгу не могло бы возникнуть видение более страшное, более омерзительное, чем это адское существо, выскочившее на нас из тумана.

Чудовище неслось по тропинке огромными прыжками, принюхиваясь к следам нашего друга. Мы опомнились лишь после того, как оно промчалось мимо. Тогда и я и Холмс выстрелили одновременно, и раздавшийся вслед за этим оглушительный рев убедил нас, что по меньшей мере одна из пуль попала в цель. Но собака не остановилась и продолжала мчаться вперед. Мы видели, как сэр Генри оглянулся, мертвенно-бледный при свете луны, поднял в ужасе руки и замер в этой беспомощной позе, не сводя глаз с чудовища, которое настигало его.

Но голос взвывшей от боли собаки рассеял все наши страхи. Кто уязвим, тот и смертен, и если она ранена, значит, ее можно и убить. Боже, как бежал в ту ночь Холмс! Я всегда считался хорошим бегуном, но он опередил меня на такое же расстояние, на какое я сам опередил маленького сыщика. Мы неслись по тропинке и слышали непрекращающиеся крики сэра Генри и глухой рев собаки. Я подоспел в ту минуту, когда она кинулась на свою жертву, повалила ее на землю и уже примеривалась схватить за горло. Но Холмс всадил ей в бок одну за другой пять пуль. Собака взвыла в последний раз, яростно щелкнула зубами, повалилась на спину и, судорожно дернув всеми четырьмя лапами, замерла. Я нагнулся над ней, задыхаясь от бега, и приставил дуло револьвера к этой страшной светящейся морде, но выстрелить мне не пришлось — исполинская собака была мертва.

Сэр Генри лежал без сознания там, где она настигла его. Мы сорвали с него воротничок, и Холмс возблагодарил судьбу, убедившись, что он не ранен и что наша помощь подоспела вовремя. А потом веки у сэра Генри дрогнули и он слабо шевельнулся. Лестрейд просунул ему между зубами горлышко фляги с коньяком, и через секунду на нас глянули два испуганных глаза.

— Боже мой! — прошептал баронет. — Что это было? Где оно?

— Его уже нет, — сказал Холмс. — С привидением, которое преследовало ваш род, покончено навсегда.

Чудовище, лежавшее перед нами, поистине могло кого угодно испугать своими размерами и мощью. Это была не чистокровная ищейка и не чистокровный мастиф, а, видимо, помесь — поджарый, страшный пес величиной с молодую львицу. Его огромная пасть все еще светилась голубоватым пламенем, глубоко сидящие дикие глаза были обведены огненными кругами. Я дотронулся до этой светящейся головы и, отняв руку, увидел, что мои пальцы тоже засветились в темноте.

— Фосфор, — сказал я.

— Да, и какой-то особый препарат, — подтвердил Холмс, потянув носом.

— Без запаха, чтобы у собаки не исчезло чутье. Простите нас, сэр Генри, что мы подвергли вас такому страшному испытанию. Я готовился увидеть собаку, но никак не ожидал, что это будет такое чудовище. К тому же нам помешал туман, и мы не смогли оказать псу достойную встречу.

— Вы спасли мне жизнь.

— Подвергнув ее сначала опасности... Ну как, можете встать?

— Дайте мне еще один глоток коньяку, и тогда все будет в порядке. Ну вот! Теперь с вашей помощью я встану. А что вы намерены делать дальше?

— Пока оставим вас здесь — вы уже достаточно натерпелись за сегодняшнюю ночь, — а потом кто-нибудь из нас вернется с вами домой.

Баронет попробовал подняться, но не смог. Он был бледен как полотно и дрожал всем телом. Мы подвели его к валуну. Он сел там, дрожа всем телом, и закрыл лицо руками.

— А теперь нам придется уйти, — сказал Холмс. — Надо кончить начатое дело. Дорога каждая минута. Состав преступления теперь налицо, остается только схватить преступника... Держу пари, в доме его уже не окажется, — продолжал Холмс, быстро шагая рядом с нами по тропинке. — Он не мог не слышать выстрелов и понял, что игра проиграна.

— Ну что вы! Это было далеко от дома, к тому же туман приглушает звуки.

— Можете не сомневаться, что он кинулся следом за собакой, ведь ее надо было оттащить от тела. Нет, мы его уже не застанем! Но на всякий случай надо обшарить все уголки.

Входная дверь была открыта настежь, и, вбежав в дом, мы быстро осмотрели комнату за комнатой, к удивлению дряхлого слуги, встретившего нас в коридоре. Свет горел только в столовой, но Холмс взял оттуда лампу и обошел с ней все закоулки в доме. Человек, которого мы искали, исчез бесследно. Однако на втором этаже дверь одной из спален оказалась запертой.

— Там кто-то есть! — крикнул Лестрейд.

В комнате послышался слабый стон и шорох. Холмс ударил ногой чуть повыше замка, и дверь распахнулась настежь. Держа револьверы наготове, мы ворвались туда.

Но дерзостного негодяя, за которым мы охотились, не оказалось и тут. Вместо него глазам нашим предстало нечто до такой степени странное и неожиданное, что мы замерли на месте.

Эта комната представляла собой маленький музей. Ее стены были сплошь заставлены стеклянными ящиками, где хранилась коллекция мотыльков и бабочек — любимое детище этой сложной и преступной натуры. Посередине поднималась толстая подпорка, подведенная под трухлявые балясины потолка. И у этой подпорки стоял человек, привязанный к ней простынями, которые укутывали его с головы до ног, так что в первую минуту даже нельзя было разобрать, кто это — мужчина или женщина. Одно полотнище шло вокруг горла, другое закрывало нижнюю часть лица, оставляя открытыми только глаза, которые с немым вопросом смотрели на нас, полные ужаса и стыда. В мгновение ока мы сорвали эти путы, вынули кляп, и к нашим ногам упала не кто иная, как миссис Стэплтон. Голова ее опустилась на грудь, и я увидел красный рубец у нее на шее от удара плетью.

— Мерзавец! — крикнул Холмс. — Лестрейд, где коньяк? Посадите ее на стул. Такие пытки кого угодно доведут до обморока!

Миссис Стэплтон открыла глаза.

— Он спасся? — спросила она. — Он убежал?

— От нас он никуда не убежит, сударыня.

— Нет, нет, я не про мужа. Сэр Генри… спасся?

— Да.

— А собака?

— Убита!

У нее вырвался долгий вздох облегчения:

— Слава богу! Слава богу! Негодяй! Смотрите, что он со мной сделал! — Она засучила оба рукава, и мы увидели, что ее руки все в синяках. — Но это еще ничего… это ничего. Он истерзал, он опоганил мою душу. Пока у меня теплилась надежда, что этот человек любит меня, я все сносила, все: дурное обращение, одиночество, жизнь, полную обмана… Но он лгал мне, я была орудием в его руках! — Она не выдержала и разрыдалась.

— Да, сударыня, у вас нет никаких оснований желать ему добра, — сказал Холмс. — Так откройте же, где его искать. Если вы были его сообщницей, воспользуйтесь случаем загладить свою вину — помогите нам.

— Он может спрятаться только в одном месте, больше ему некуда деваться, — ответила она. — В самом сердце трясины есть островок, на котором был когда-то рудник. Там он и держал свою собаку, и там у него все приготовлено на тот случай, если придется бежать.

Холмс посветил в окно лампой. Туман, словно белая вата, лип к стеклу.

— Смотрите, — сказал он. — Сегодня ночью никто не сможет пробраться на Гримпенскую трясину.

Миссис Стэплтон рассмеялась и захлопала в ладоши. Глаза ее сверкнули недобрым огнем.

— Туда-то он найдет дорогу, а обратно не выберется! — воскликнула она. — Разве в такую ночь разглядишь вехи? Мы ставили их вместе, чтобы наметить тропу через трясину. Ах, почему я не догадалась убрать их сегодня! Тогда он был бы в вашей власти!

При таком тумане о погоне нечего было и думать. Мы оставили Лестрейда полновластным хозяином Меррипит-хаус, а сами вместе с сэром Генри вернулись в Баскервиль-холл. Скрывать от него историю Стэплтонов больше было нельзя. Узнав всю правду о любимой женщине, он мужественно принял этот удар.

Однако пережитое ночью потрясение не прошло даром для баронета. К утру он лежал без памяти в горячке под надзором доктора Мортимера. В дальнейшем им обоим было суждено совершить кругосветное путешествие, и только после него сэр Генри снова стал тем же веселым, здоровым человеком, какой приехал когда-то в Англию наследником этого злополучного поместья.

А теперь мое странное повествование быстро подходит к концу. Записывая его, я старался, чтобы читатель делил вместе с нами все те страхи и смутные догадки, которые так долго омрачали нашу жизнь и завершились такой трагедией.

К утру туман рассеялся, и миссис Стэплтон проводила нас к тому месту, где начиналась тропинка, ведущая через трясину. Эта женщина с такой охотой и радостью направляла нас по следам мужа, что нам только тогда и стало ясно, как страшна была ее жизнь. Мы расстались с ней на узкой торфяной полоске, полуостровом вдававшейся в трясину. Маленькие прутики, воткнутые то там, то сям, намечали тропу, извивающуюся зигзагом от кочки к кочке, между затянутыми зеленью окнами, которые преградили бы путь всякому, кто был незнаком с этими местами. От гниющего камыша и покрытых илом водорослей над трясиной поднимались тяжелые испарения. Мы то и дело оступались, уходя по колено в темную зыбкую топь, мягкими кругами расходившуюся на поверхности. Вязкая жижа присасывалась к нашим ногам, и ее хватка была настолько сильна, что казалось, чья-то цепкая рука тянет нас в эти мерзостные глубины. На глаза нам попалось только одно-единственное доказательство, что не мы первые идем по этому опасному пути. На кочке, поросшей болотной травой, лежало что-то темное. Потянувшись туда. Холмс сразу ушел по пояс в тину, и если б не мы, вряд ли ему удалось бы когда-нибудь почувствовать под ногой твердую землю. Он держал в руке старый черный башмак. Внутри была метка: «Мейерс. Торонто».

— Из-за такой находки стоило принять грязевую ванну. Вот он, пропавший башмак нашего друга!

— Брошенный второпях Стэплтоном?

— Совершенно верно. Он дал собаке понюхать его, когда наводил ее на след сэра Генри, и так и убежал с ним, а потом бросил. Теперь мы, по крайней мере, знаем, что до этого места он добрался благополучно.

Но больше нам ничего не удалось узнать, хотя догадываться мы могли о многом. Разглядеть на тропинке следы не было никакой возможности — их сразу же затягивало тиной. Мы решили, что они обнаружатся на более сухом месте, однако все поиски были тщетны. Если земля говорила правду, то Стэплтону так и не удалось добраться до своего убежища на островке, к которому он стремился в ту памятную нам туманную ночь. Этот холодный, жестокий человек был навеки погребен в самом сердце зловонной Гримпенской трясины, засосавшей его в свою бездонную глубину.

Мы нашли немало его следов на опоясанном топью островке, где он прятал своего страшного сообщника. Огромный ворот и шахта, до половины заваленная щебнем, говорили, что когда-то здесь был рудник. Рядом с ним стояли развалившиеся лачуги рудокопов, которых, вероятно, выгнали отсюда ядовитые болотные испарения. В одной из этих лачуг мы нашли кольцо в стене, цепь и множество обглоданных костей. Здесь, вероятно, Стэплтон и держал своего пса. Среди мусора валялся скелет собаки с оставшимся на нем клочком рыжей шерсти.

— Боже мой! — воскликнул Холмс. — Да это, спаниель! Бедный Мортимер больше никогда не уводит своего любимца. Ну что ж, теперь, я думаю, этот островок открыл нам все свои тайна. Спрятать собаку было нетрудно, а вот попробуйте заставить ее молчать! Отсюда и шел этот вой, от которого людям даже днем становилось не по себе. В случае крайней необходимости Стэплтон мог бы перевести собаку в сарай, поближе к дому, но на такой риск можно было пойти только в самую критическую минуту, в расчете на близкую развязку. А вот эта паста в жестянке — тот самый светящийся состав, которым он смазывал своего пса. Его натолкнуло на эту мысль не что иное, как легенда о чудовищной собаке Баскервилей, и он решил разделаться таким способом с сэром Чарльзом. Теперь неудивительно, что злосчастный каторжник с воплями пустился наутек, когда эдакое страшилище выскочило на него из темноты. Точно так же поступил и наш друг, да и мы сами были недалеки от этого. Стэплтон хитро придумал! Уж не говоря о том, что собака помогла бы ему убить его жертву, кто из здешних фермеров решился бы поближе познакомиться с ней? С такой тварью достаточно и одной встречи. А ведь ее многие видели на болотах. Я говорил об этом в Лондоне, Уотсон, и повторяю опять: нам никогда не приходилось иметь дело с человеком более опасным, чем тот, кто лежит теперь там! — И он показал на зелено-бурую трясину, уходившую вдаль, к пологим склонам торфяных болот.

Глава XV. ВЗГЛЯД НАЗАД

Был конец ноября. Ненастным, туманным вечером мы с Холмсом сидели у пылающего камина в кабинете на Бейкер-стрит. Со времени трагедии, которая завершила нашу поездку в Девоншир, мой друг успел расследовать два очень серьезных дела. В первом из них ему удалось разоблачить полковника Эпвуда, замешанного в скандале, разыгравшемся за карточным столом в клубе «Патриций», во втором — полностью снять с несчастной мадам Монпенсье обвинение в убийстве падчерицы, молоденькой мадемуазель Карэр, которая, как известно, полгода спустя объявилась в Нью-Йорке и благополучно вышла там замуж. После успешного разбора двух таких трудных и серьезных дел Холмс был в прекрасном расположении духа, и, пользуясь этим, я решил выведать у него некоторые подробности загадочной баскервильской истории. Я терпеливо ждал своего часа, зная, что Холмс не любит держать в голове сразу по нескольку дел и что его ясный, логический ум не станет отвлекаться от текущей работы ради воспоминаний о прошлом.

В эти дни в Лондоне как раз были сэр Генри и доктор Мортимер, готовившиеся к далекому путешествию, которое врачи предписали баронету для укрепления расшатанной нервной системы. Утром они нанесли нам визит, так что у меня был хороший повод завести разговор, на нужную тему.

— С точки зрения человека, именующего себя Стэплтоном, события разворачивались как по-писаному, — начал Холмс, — но нам все это казалось чрезвычайно сложным, потому что мы не имели тогда ни малейшего понятия, чем он руководствуется в своих действиях, и знали только кое-какие факты. С тех пор у меня было два разговора с миссис Стэплтон, и все разъяснилось. Думаю, что теперь загадок уже нет. Можете посмотреть мои заметки по этому делу в картотеке под литерой «Б».

— А может, вы изложите ход событий просто по памяти?

— С удовольствием, хотя и не ручаюсь, что вспомню все подробности. Когда сосредоточишься на чем-нибудь одном, прошлые помыслы улетучиваются из головы. Адвокат, знающий назубок свое очередное дело и ломающий из-за него копья в суде, недели через две начисто все забывает. Так и у меня: каждое новое расследование вытесняет из памяти предыдущее, и мадемуазель Карэр своей персоной заслонила в моем сознании Баскервиль-холл. Завтра передо мной, может быть, встанет следующая загадка, которая, в свою очередь, заслонит очаровательную француженку и шулера Эпвуда. Но я все-таки постараюсь изложить вам всю эту историю, а если я что-нибудь забуду, вы мне подскажете.

Наведенные справки окончательно убедили меня, что фамильный портрет не лгал и что этот человек действительно из рода Баскервилей. Он оказался сыном того Роджера Баскервиля, младшего брата сэра Чарльза, которому пришлось бежать в Южную Америку, где он и женился, и после него остался сын, носивший отцовскую фамилию. Сей небезызвестный вам молодчик женился на некой Бэрил Гарсиа, одной из красавиц Коста-Рики, растратил казенные деньги и, переменив фамилию на Ванделер, бежал в Англию, где вскоре открыл школу в восточной части Йоркшира. Этот род деятельности он избрал потому, что сумел воспользоваться знаниями и опытом одного учителя, с которым познакомился в пути. Но его компаньон, Фрезер, был в последней стадии чахотки и вскоре умер. Дела школы шли все хуже и хуже, а конец у нее был совсем бесславный. Супруги Ванделер сочли за благо переменить фамилию и с тех пор стали именоваться Стэплтонами. В дальнейшем Стэплтон вместе с остатками своего состояния, новыми планами на будущее и страстью к энтомологии перебрался на юг Англии. Я наводил справки в Британском музее и выяснил, что Ванделер считался признанным авторитетом в своей области и что его имя было присвоено одной ночной бабочке, описанной им еще в Йоркшире.

Теперь мы дошли до того периода его жизни, который оказался столь интересным для нас. Этот человек, по-видимому, разузнал, что между ним и крупным поместьем стоят всего две жизни. Когда он собрался в Девоншир, его планы были, вероятно, еще весьма туманны, но недобрый замысел зрел — недаром он с самого начала выдал свою жену за сестру. Мысль воспользоваться ею в качестве приманки овладела им сразу, хотя он, может быть, еще и не представлял себе, как все сложится в дальнейшем. Его цель была — получить поместье; ради этого он не стеснялся в средствах и шел на любой риск. Итак, для начала надо было поселиться как можно ближе к Баскервиль-холлу, а потом завязать дружеские отношения с сэром Чарльзом и с другими соседями.

Баронет сам рассказал ему предание о собаке и таким образом ступил на свой смертный путь. Стэплтон, как я его по-прежнему буду называть, знал, что у старика больное сердце и что сильное потрясение может убить его. Все это он слышал от доктора Мортимера. Кроме того, ему было известно, что сэр Чарльз — человек суеверный и придает большое значение этой мрачной легенде. Изворотливый ум Стэплтона немедленно подсказал ему способ, каким можно убить баронета и остаться самому вне подозрений.

Выработав план действия, Стэплтон приступил к его осуществлению со всей изощренностью, свойственной его натуре. Заурядный преступник удовольствовался бы в таком случае просто злой собакой, но Стэплтона осенила гениальная мысль — сделать из нее исчадие ада. Он купил этого пса в Лондоне у Росса и Менгласа, на Фулхем-роуд, выбрав самого крупного и самого свирепого из всех, какие были. Потом приехал с ним в Девоншир по северной линии и сделал немалый конец пешком через болота, чтобы провести его домой незаметно. Во время своих экскурсий за бабочками он нашел путь в глубь Гримпенской трясины, а более надежного места для собаки нельзя и придумать. Он посадил ее там на цепь и стал ждать удобного случая.

Но такой случай долго не представлялся: сэра Чарльза нельзя было выманить ночью за пределы поместья. Стэплтон не раз подстерегал старика, держа собаку наготове, но все было тщетно. Вот во время этих бесплодных блужданий по болотам он, вернее, его сообщник и попался на глаза кое-кому из тамошних фермеров, и легенда о чудовищном псе получила новое подтверждение. Тогда Стэплтон возложил все свои надежды на жену, но на сей раз она проявила неожиданную твердость характера. Миссис Стэплтон наотрез отказалась пускать в ход свои чары против старика, зная, что это может погубить его. Ни угрозы, ни даже — увы! — побои, ничто не помогало. Она не хотела принимать участие в кознях мужа, и на время Стэплтон оказался в тупике.

Но выход из этого тупика был найден. Сэр Чарльз проникся дружескими чувствами к Стэплтону и послал его в качестве своего посредника к миссис Лауре Лайонс. Выдав себя за холостяка, тот совершенно покорил эту несчастную женщину и дал ей понять, что женится на ней, если она добьется развода. И тут же вскоре выяснилось, что надо действовать безотлагательно: сэр Чарльз собрался в Лондон по настоянию доктора Мортимера, с которым Стэплтон для видимости соглашался. Нельзя было терять ни минуты, иначе жертва могла ускользнуть. Стэплтон заставил миссис Лайонс написать сэру Чарльзу письмо, в котором она умоляла старика дать ей возможность повидаться с ним накануне его отъезда из Баскервиль-холла. Потом под благовидным предлогом он уговорил ее не ходить на свидание, и вот долгожданный случай представился.

Вернувшись вечером из Кумби-Треси, Стэплтон успел сбегать за собакой, смазал ее этим адским составом и привел на то место, куда должен был прийти старик. Собака, натравленная хозяином, перемахнула через калитку и помчалась за несчастным баронетом, который с криками бросился бежать по тисовой аллее. Представляю себе, какое это было страшное зрелище! Кругом темнота, и в этой темноте за тобой мчится что-то огромное со светящейся мордой и огненными глазами. Сердце у баронета не выдержало, и он упал мертвый в самом конце аллеи. Собака неслась за ним по узкой полоске дерна, и поэтому на дорожке не было никаких следов, кроме человеческих. Когда сэр Чарльз упал, она, вероятно, обнюхала его, но не стала трогать мертвеца и убежала. Вот эти следы и заметил доктор Мортимер. Стэплтон подозвал своего пса и поторопился увести его назад, в глубь Гримпенской трясины. Таково происхождение этой загадки, которая сбила с толку полицию, переполошила всех окрестных жителей и, наконец, была представлена на наше рассмотрение.

Вот и все, что касается смерти сэра Чарльза Баскервиля. Вы понимаете, с какой дьявольской хитростью этот человек обделал свое дело! Ведь уличить преступника не представлялось возможным! Соучастник у него был только один, причем такой, который не выдаст, а непостижимый, фантастический характер всего замысла и вовсе запутывал расследование. Обе женщины, замешанные в это дело, миссис Стэплтон и миссис Лаура Лайонс, подозревали, кто истинный виновник смерти сэра Чарльза. Миссис Стэплтон знала, что муж строит козни против старика, знала и о существовании собаки. Миссис Лайонс не имела ни малейшего понятия ни о том, ни о другом, но ее поразило, что смерть сэра Чарльза совпала по времени с несостоявшейся встречей у калитки, о которой, кроме Стэплтона, никто не знал. Но обе они были всецело под его влиянием, и он мог не бояться их. Таким образом, первая половина задачи была выполнена успешно, оставалась вторая — куда более трудная.

Очень возможно, что сначала Стэплтон даже не подозревал о существовании наследника в Канаде. Но он не замедлил узнать об этом от своего приятеля, доктора Мортимера, который заодно уведомил его и о дне приезда Генри Баскервиля. Прежде всего ему пришла в голову мысль, нельзя ли будет разделаться с этим молодым канадцем в Лондоне, до того как он приедет в Девоншир. Жене Стэплтон больше не доверял, помня, что она отказалась завлечь в свои сети старика Баскервиля. Оставлять ее надолго одну он тоже не решался — так можно было совсем утратить над ней власть. Пришлось ехать в Лондон вместе. Они остановились, как я потом выяснил, в отеле «Мексборо», на Кревенстрит, куда Картрайт тоже заходил в поисках изрезанной страницы «Таймса». Стэплтон держал жену взаперти в номере, а сам, приклеив фальшивую бороду, ходил по пятам за доктором Мортимером — на Бейкер-стрит, на вокзал, в отель «Нортумберленд». Миссис Стэплтон подозревала, какие планы строит ее супруг, но она испытывала такой страх перед ним — страх, рожденный его жестокостью, — что не решалась написать сэру Генри о грозящей ему опасности. Если бы письмо попало в руки Стэплтона, кто бы мог поручиться за ее жизнь? В конце концов, как мы уже знаем, она пошла на хитрость: вырезала нужные слова из газеты и написала адрес измененным почерком. Письмо дошло до баронета и послужило ему первым предостережением.

Стэплтону нужно было во что бы то ни стало раздобыть какую-нибудь вещь из туалета сэра Генри на тот случай, если придется пускать собаку по его следу. Действуя, как всегда, быстро и смело, он не стал медлить, и мы можем не сомневаться, что и коридорный и горничная в отеле получили щедрую мзду за оказанную ему помощь. Увы! Первый башмак оказался ненадеванным и, следовательно, был непригоден. Он вернул его и взамен получил другой. Из этого факта я сделал очень важный вывод. Мне стало ясно, что мы имеем дело с настоящей собакой, ибо только этим можно было объяснить старания Стэплтона получить старый башмак. Чем нелепее и грубее кажется вам какая-нибудь деталь, тем большего внимания она заслуживает. Те обстоятельства, которые на первый взгляд лишь усложняют дело, чаще всего приводят вас к разгадке. Надо только как следует, не по-дилетантски, разобраться в них.

На другое утро наши друзья пожаловали к нам, а Стэплтон следовал за ними издали в кэбе. Судя по многим признакам и хотя бы по тому, что он знал меня в лицо, знал и мой адрес, его карьера не ограничивалась баскервильским делом, я в этом почти уверен. Так, например, за последние три года в западных графствах было совершено четыре крупных ограбления, а преступников обнаружить не удалось. Последнее из них — это было и Фолкстон-корт в мае месяце — не обошлось без кровопролития. Грабитель в маске уложил выстрелом из револьвера мальчика-слугу, который застиг его. Теперь я не сомневаюсь, что Стэплтон поправлял таким способом свои расстроенные финансовые дела и что он уже давно был опасным преступником.

В его находчивости и дерзости мы могли убедиться в то утро, когда он так ловко улизнул от нас и потом назвался моим же именем, прекрасно зная, что я доберусь до этого кэбмена. И тогда Стэплтон понял: в Лондоне рассчитывать на успех нечего, так как за это дело взялся я. Он уехал в Дартмур и стал ждать приезда баронета...

— Постойте! — перебил я Холмса. — Вы совершенно точно изложили весь ход событий, но один пункт все же для меня неясен. Что стало с собакой, когда ее хозяин уехал в Лондон?

— Вопрос очень существенный, я сам этим интересовался. У Стэплтона, конечно, был какой-то сообщник, хотя вряд ли он делился с ним всеми своими планами — это значило бы полностью отдаться в его власть. Помните слугу в Меррипит-хаус, старика Антони? Он жил у Стэплтонов несколько лет, еще в то время, когда у них была школа, и, конечно, знал, что они муж и жена. Так вот, этот самый Антони исчез бесследно, в Англии его нет. Обратите также внимание на то, что имя Антони встречается у нас довольно редко, а в Испании и в Латинской Америке Антонио попадаются на каждом шагу. Старик говорил по-английски не хуже миссис Стэплтон, но с тем же странным акцентом. Я сам видел, как он ходил в глубь Гримпенской трясины по тропинке, намеченной Стэплтоном. Поэтому весьма вероятно, что в отсутствие хозяина собаку кормил слуга Антони, хотя, может статься, ему было невдомек, с какой целью ее здесь держат.

Итак, Стэплтоны вернулись в Девоншир, а вскоре туда приехали и вы с сэром Генри. Теперь скажу несколько слов о себе. Вы, вероятно, помните, что, разглядывая письмо, присланное сэру Генри, я заинтересовался, есть ли на нем водяные знаки. Я поднес листок к глазам и уловил легкий запах — от него пахло духами «Белый жасмин». Есть семьдесят три сорта духов, которые опытный сыщик должен уметь отличать один от другого. Я на собственном опыте убедился, что успешное расследование преступлений не раз зависело именно от этого. Если пахнет жасмином, значит, автор письма женщина, а к тому времени Стэплтоны уже начинали интересовать меня. Итак, я понял, что собака существует на самом деле, и догадался, кто преступник, еще до своей поездки в Девоншир.

За Стэплтоном надо было установить слежку. Но если б я следил за ним, находясь в вашем обществе, он бы сразу насторожился. Пришлось обмануть всех, в том числе и вас. Я сказал, что останусь в Лондоне, а сам поехал следом за вами. Лишения, которые мне пришлось испытать, вовсе не так страшны, как вам кажется. Впрочем, подобные пустяки не должны мешать нашей работе. Я жил, собственно, в Кумби-Треси, а пещеру на болотах навещал лишь в тех случаях, когда требовалось быть поближе к месту действия. Картрайт приехал в Девоншир вместе со мной и, расхаживая повсюду под видом деревенского мальчика, оказал мне большую помощь. Кроме того, он снабжал меня едой и чистым бельем и следил за вами, когда я был занят Стэплтоном. Так что, как видите, все нити были у меня в руках.

Вы уже знаете, что ваши отчеты немедленно пересылались с Бейкер-стрит в Кумби-Треси. Я очень много из них почерпнул, особенно из того, где сообщался единственный подлинный эпизод из биографии Стэплтонов. После этого мне уже нетрудно было установить личность их обоих, и я понял, с кем имею дело. Однако расследование осложнялось одним побочным обстоятельством — бегством каторжника и связью между ним и Бэрриморами. Но вы распутали и этот узел, хотя я уже сам пришел к тем же выводам на основе собственных наблюдений.

К тому времени, когда вы отыскали меня в пещере на болотах, картина преступления стала окончательно ясна, но выносить это дело на суд присяжных было преждевременно. Даже неудачное покушение Стэплтона на сэра Генри, закончившееся гибелью злосчастного каторжника, не давало прямых улик. Оставался единственный выход: схватить его на месте преступления, выставив сэра Генри в качестве приманки. Баронет должен был идти один, якобы никем не охраняемый. Так мы и сделали и ценой тяжелого потрясения, пережитого нашим другом, не только завершили расследование, но и довели Стэплтона до гибели. Подвергнув своего клиента такому испытанию, я, конечно, вполне заслужил упрек в плохом ведении дела, но кто мог знать заранее, какое страшное, ошеломляющее зрелище предстанет нашим глазам, кто мог предвидеть, что ночью будет туман и собака выскочит из него прямо на нас! Мы достигли цели дорогой ценой, но оба врача — и специалист по нервным болезням и доктор Мортимер — уверяют меня, что сэр Генри скоро поправится. Путешествие поможет нашему другу не только укрепить расшатанные нервы, но и залечить сердечные раны. Ведь ему пришлось так обмануться в миссис Стэплтон, к которой он питал такие искренние и глубокие чувства! Это его больше всего и угнетает.

Теперь мне остается рассказать, какую роль сыграла она в этой мрачной истории. Я не сомневаюсь, что Стэплтон совершенно подчинил ее своему влиянию. Чем это объяснить? Любила она его или боялась — или и то и другое? Ведь эти чувства вполне совместимы. Во всяком случае, он действовал наверняка. Миссис Стэплтон согласилась выдать себя за его сестру, но стать прямой пособницей убийства все же отказалась наотрез, и тут ему пришлось убедиться, что его власть над ней не безгранична. Она не раз пыталась предупредить сэра Генри о грозящей ему опасности, но делала это так, чтобы не подвести мужа. Стэплтон, по-видимому, был способен на ревность, и когда баронет начал проявлять нежные чувства к даме своего сердца, Стэплтон не выдержал, хотя это входило в его планы, и выдал в бешеной вспышке всю страстность своей натуры, до тех пор тщательно скрываемую. Тем не менее он продолжал поощрять ухаживания сэра Генри, рассчитывая, что тот будет частым гостем в Меррипит-хаус и рано или поздно попадется ему в лапы. Но в самую решительную минуту жена взбунтовалась. Она прослышала о гибели беглого каторжника и узнала, что в тот вечер, когда сэр Генри должен был прийти к обеду, собаку перевели в сарай во дворе. Последовала бурная сцена. Миссис Стэплтон назвала мужа преступником и впервые услышала от него, что у нее есть соперница. Былая преданность уступила место ненависти. Стэплтон понял, что жена его выдаст, и связал ее, чтобы она не могла предостеречь сэра Генри. Все его расчеты основывались на том, что, узнав о смерти баронета, в графстве вспомнят о проклятии, тяготеющем над родом Баскервилей, а тогда он снова добьется от жены повиновения и заставит ее молчать. Стэплтон и тут просчитался. Его судьба была решена и без нашего вмешательства. Женщина, в жилах которой течет испанская кровь, не простила бы ему измены…

Вот и все, дорогой мой Уотсон. А если вам нужен более подробный отчет об этом из ряда вон выходящем деле, то мне придется заглянуть в свои записи. Но я, кажется, ничего существенного не упустил.

— Неужели Стэплтон надеялся, что сэр Генри тоже умрет от страха при виде этого пугала?

— Собака была совершенно дикая, кроме того, он держал ее впроголодь. Если б сэр Генри не умер на месте, то, во всяком случае, такое страшное зрелище могло бы парализовать его силы и он не оказал бы никакого сопротивления.

— Да, пожалуй. Теперь остается только один вопрос. Если бы Стэплтон доказал свои права на владение Баскервиль-холлом, как бы ему удалось объяснить тот факт, что он, наследник, жил под чужим именем да еще так близко от поместья? Неужели это не возбудило бы подозрений?

— На этот вопрос я вряд ли смогу вам ответишь — вы слишком многого от меня требуете. Моя сфера деятельности — прошлое и настоящее. Что человек собирается делать в будущем, это я не берусь решать. По словам миссис Стэплтон, ее супруг думал об этом не раз. Он мог найти три выхода. Первый: уехать в Южную Америку, установить там свою личность в британском консульстве и затребовать наследство оттуда, не приезжая в Англию. Второй: проделать все это в Лондоне, предварительно изменив себя до неузнаваемости. И третий: выдать за наследника подставное лицо, снабдив его всеми необходимыми документами, а себе выговорив за это известную часть доходов. Зная Стэплтона, мы можем не сомневаться, что тот или иной выход из положения был бы найден.

А теперь, друг мой, обратимся мыслями к предметам более приятным. Несколько недель такого тяжелого труда дают нам право на свободный вечер. Я взял ложу в оперу. Вы слышали де Рецке в «Гугенотах»? Так вот, будьте любезны собраться в течение получаса. Тогда мы заедем по дороге к Марцини и не спеша пообедаем там.

ОГЛАВЛЕНИЕ